Willi Rummelsberger

Die Kinder

vom

Annaberg

Roman

Vorwort

Schlesien - Land an den Ufern der Oder – südwestliches Staatsgebiet der polnischen Republik.
Schlesien - jahrhundertlang umkämpftes Land – Polen, Österreicher, Preußen, Deutsche und wieder Polen. Wechselnde Herren, wechselnde Ideologien.
Schlesien, seit Jahrhunderten Siedlungsgebiet, Lebensraum und Heimat für Polen und Deutsche, die ihre beiden Sprachen zu einem schlesischen Dialekt verbanden.
Schlesien – auch ein Synonym für die Vertreibung und Umsiedlung heimatverbundener Menschen! Im 20. Jahrhundert im großen Stil beginnend, von dem völkermordenden Nazi-Regime zum Credo erhoben und in vielen Teilen der Welt immer noch stattfindend.
Heute mit dem Begriff ‚ethnische Säuberung' vornehm umschrieben!
Schlesien – das heute die Chance wahrnimmt, ein Sinnbild zu werden. Ein Sinnbild für ein friedliches Miteinander der Völker in einem einigen, gerechten und freien Europa!

Was nun ist das besondere an Schlesien und den Schlesiern? Das wurde mir deutlich, als ich im Rahmen meiner Arbeiten an diesem Buch mit einem älteren Herren sprach, der schon seit fast sechzig Jahren in der Bundesrepublik lebt. Auf meine Frage, ob er sich in den Jahren nach dem Krieg noch als Deutscher gefühlt hat, gab er mir folgende Antwort:

„Mein Freund, ich habe sechzehn Jahre meines Lebens in einem deutschen Oberschlesien gelebt und sieben Jahre in einem polnischen. Der Pass ist nicht das Entscheidende!

3

Ich habe mich immer als das gefühlt, was ich heute noch bin: Als Oberschlesier – als Schlonsake halt!"

In diesem Buch soll an das Schicksal und das Unrecht millionenfacher Vertreibung und Zwangsumsiedlung erinnert werden. Unrecht das Polen, Deutschen, Ukrainern, Serben und vielen vielen anderen „nationalen Minderheiten" auf unserer Welt angetan wurde und immer noch wird....

ODPUŚĆ NAM NASZE WINY
JAKO I MY ODPUSZCAMY
NASZYM WINOWAJCOM

VERGIB UNS UNSERE
SCHULD
WIE AUCH WIR VERGEBEN
UNSEREN SCHULDIGERN

Gedenkstein in Lambinowice (Lamsdorf)/Schlesien)

**Die folgende Geschichte könnten
Hunderttausende erzählen....**

Erster Teil

Schlesische Erinnerungen

Heimkehr

Theresia hatte sich über Jahrzehnte standhaft geweigert, das Land ihrer Eltern, die Stätte ihrer Kindheit zu besuchen. Die Erinnerungen an jene Zeit im Osten waren verschüttet – oder besser, sie hatte sie verschüttet. Denn es waren keine schönen Erinnerungen, die sie mit ihrer Kindheit verband.
Die Gedanken an die ersten fünfzehn Jahre ihres Lebens hatte sie mit aller Macht aus ihrem Innersten verbannt.
Im Gegensatz zu ihrem Bruder Herbert, der besonders in den letzten Wochen und Monaten vor seinem Tod immer wieder die Vergangenheit beschwor. Der häufiger als Theresia lieb war, über die Heimat sprach.

Heimat – was ist das? Sicher, sie fühlte sich wohl in Offenbach. Sie besaßen ein schönes gemütliches Haus, ihre Bäckerei florierte. Freunde, Bekannte und Verwandte – sie alle gaben ihr stets ein Gefühl von Sicherheit und Geborgenheit. Aber Heimat...?
Theresia empfand die Welt die sie umgab nicht als Heimat. Sie konnte sich vorstellen, genauso gut in München, London oder Stockholm zu leben und zu sterben!
War Heimat vielleicht doch so etwas, wie die Erinnerung an ein frühe, kindliche Gefühlswelt?
Sie fühlte sich stets unwohl, wenn Herbert auf seinem Krankenbett von der Heimat, von Schlesien sprach. Und doch, bevor ihr Bruder seinem fürchterlichen Leiden erlag, hatte er ihr das Versprechen abgenommen, die Heimat zu besuchen.
„Bitte Theresia, grüße mir meine Heimat – grüße mir Schlesien..."
Mit Herbert war ein Bezugspunkt, eine feste Größe, ein Teil ihrer Welt von ihr gegangen. Das letzte dünne

Band, der letzte schmale Steg zur Vergangenheit war mit seinem Tod zerstört.

Trotz ihrer heißen Gebete zu Gott, trotz ihres Flehens um Fürbitte an die heilige Jungfrau und die heilige Mutter Anna – ihr Bruder war gestorben, schrecklich qualvoll und fürchterlich langsam.

Seltsam, obwohl sie ihre Vergangenheit ausgelöscht hatte, die Erinnerungen an den Annaberg und ihr Glaube an den Beistand der Jungfrau Maria und der heiligen Anna waren ihr geblieben – Zeit ihres Lebens!

Theresia hatte die Verpflichtung, die ihr sterbender Bruder ihr auferlegt hatte vor sich hergeschoben. Später....

Dann hatte schließlich ihr Sohn Lothar die Sache in die Hand genommen. Lothar, auf Vaters Drängen hin benannt nach dem Torjäger von Borussia Dortmund!

„Mutter, in den letzten beiden Wochen der Sommerferien fahren wir nach Polen. Nach Opole, genauer gesagt! Bitte keine Ausflüchte Mutter – die Hotelzimmer sind bereits gebucht!"

Sie hatte mit ihrem Mann Berthold und den beiden Söhnen Lothar und Michael unzählige Reisen gemacht: Italien, Spanien, Ägypten, Mexiko....

Aber je näher diesmal der Reisetermin rückte, um so stärker wurde dieses beklemmende Gefühl in ihr – dieses undefinierbare Etwas in ihrem Inneren, eine Mischung aus Neugier, banger Erwartung und Angst!

In dem bequemen Van ihres Sohnes traten sie endlich die Reise ins Unbekannte an:

Theresia, Lothar, die Schwiegertochter Christa und Martin, Theresias elfjähriger Enkel.

Am Abend des ersten Reisetages erreichten sie Görlitz. *Das* Görlitz, in dem Theresia vor vielen Jahrzehnten zum erstenmal wieder deutschen Boden betreten hatte. Noch vor dem Abendessen wagte sie einen Spaziergang an die Neiße.

Nicht *ihre* Neiße – sondern der Fluss, den die Siegermächte auf der Konferenz von Jalta als neue Westgrenze Polens bestimmt hatten. Die Lausitzer Neiße, die durch das Potsdamer Abkommen weltweit bekannt wurde. Oder und Neiße – eine feste Größe in der deutschen und polnischen Geschichte!
Jene Neiße, die seit dem 1. Mai 2004 nicht mehr am Rande, sondern im Herzen des neuen Europas fließt – die nicht mehr trennt, sondern endlich verbindet...

Theresia erinnerte sich dunkel an die hoffnungsvollen Gespräche ihrer Großeltern, an die Aussage ihres Großvaters, als bekannt wurde, dass die Neiße die neue deutsche Ostgrenze bilden sollte:
„Gott sei Dank Kinder, die Neiße ist nicht weit. Dann ziehen wir halt nach Heinrichau oder Münsterberg!"
Opa irrte sich. Gemeint war nicht *ihre,* die Glatzer Neiße – die Siegermächte hatten die andere, die große, die Lausitzer Neiße gemeint!

Als man nach dem Abendessen im Restaurant des Hotels zusammen saß, streichelte Lothar die Hand seiner Mutter. „Morgen Mama, sind wir in Polen. Dann bist du in Schlesien!"
Wie sollte er auch wissen, dass sie bereits in Schlesien waren? Görlitz – früher eine Stadt in Niederschlesien!

Boleslawiec, Legnica, Środa Śląska. Die Namen der Orte die sie passierten, waren Theresia bekannt, doch sie zogen emotionslos an ihr vorbei. Doch dann kam der

Augenblick den sie gefürchtet hatte. Dann sah sie ihn –
den Fluss der Sehnsucht, das pochende Herz Schlesiens
– die Oder!

Plötzlich war es ihr, als würde eine Schleuse geöffnet.
Eine Tür, die sie sorgsam und mühselig verschlossen
gehalten hatte und die nun geöffnet – nein,
aufgebrochen wurde.

Eine Flut von Erinnerungen brach auf Theresia ein und
ob sie es wollte oder nicht: Sie spürte die Tränen in
ihren Augen.

Während sie durch Wroclaw fuhren, sah sie sich wieder
am Bahnsteig in Breslau stehen – ihre beiden Koffer in
den Händen. Sie fühlte förmlich das Gewicht des
Rucksackes auf ihrem Rücken – und jene grenzenlose
Traurigkeit, den Schmerz des Abschiednehmens.

„Na Oma, erkennst du alles wieder? Ist es noch so wie
früher?"

Martin hatte sich auf dem Rücksitz nach vorn gebeugt
und die Hand auf Theresias Schulter gelegt.

„Nein Martin, nichts ist wie früher! Als wir Polen
verlassen haben, war alles so grau, so triste. Es gab noch
soviel Ruinen und zerstörte Häuser. Trotz aller Mühe
die sich die Polen gegeben haben – es war einfach
zuviel kaputt hier in Breslau. Und jetzt... es ist so ganz
anders, einfach... na, einfach toll!"

Die Oder flussaufwärts begleitend, erreichten sie Brzeg
und schließlich Mikolin.

„Das ist *unsere* Neiße, Lothar. Hier beginnt
Oberschlesien! Hier ist meine ... ehm- hier bin ich
geboren."

„Ich weiß Mama, ich weiß. Schließlich habe ich mich
auf diese Fahrt vorbereitet. Hier in Mikolin haben die
Russen damals die Oderfront durchbrochen – im Januar

11

1945. In Mikoline müssen damals Tausende gestorben sein: Russen, Deutsche und Polen. Wollen wir uns das Denkmal ansehen?"

In Mikolin musste Lothar sein Fahrzeug zum erstenmal in Polen betanken.
„Schaut euch die Preise an! Wir sollten nach Polen ziehen – das Benzin wenigstens ist wesentlich billiger als bei uns."
Erstaunt stellte Theresia fest, dass die Preise in Szloty und in Euro angegeben waren. Polen war angekommen wo es hingehörte: In Europa!
Und noch etwas stellte Theresia mit Erstaunen fest: Sie sprach polnisch! Die Sprache, die sie in ihrer Kindheit mühsam und unter Tränen lernen musste – nun floss sie ihr wie selbstverständlich über die Lippen.

„Sie sind Deutsche, nicht wahr?" Der ältere Mann an der Kasse lächelte freundlich und verständnisvoll. „Sie sprechen recht gut unsere Sprache. Sicher wollen sie die Stätte ihrer Kindheit besuchen. Habe ich recht?"
Als Theresia nickte fuhr sich der Mann mit der rechten Hand durch die Haare und verfiel prompt ins 'wasserpolnische':
Willkommen in Ślonska – Willkommen in der Heimat!"

Sie setzten ihre Fahrt fort und erreichten Dobrzeń Wielki, direkt an der Oder gelegen.
„Hier in Groß Döbern hat mein Großvater, dein Ur-Uropa Martin, weit vor dem Krieg in der Werft gearbeitet. Er hat Schiffe gebaut, oder besser gesagt Flusskähne, für die Fischer auf der Oder. Das war wohl einer der Gründe, warum uns die Polen nicht gleich nach dem Krieg ausgewiesen haben und später die Ausreise lange verweigert haben: Opa war Facharbeiter,

ein Spezialist – und Spezialisten wurden gebraucht, für den Wiederaufbau."

Lothar hielt vor einem Bäckerladen.
„Warum seit ihr damals nicht einfach verschwunden, heimlich meine ich?"
Theresia überlegte einen Moment. „Wir haben später oft darüber gesprochen. Opa meinte, es wäre zu gefährlich gewesen. Wir waren ja noch klein, ich jedenfalls, und eine Flucht mitten im Winter? Opa war der Meinung, dass hätten wir nicht überlebt. Außerdem hat Oma immer gesagt: 'Wo sollen wir denn hin? Im Reich ist doch alles kaputt gebombt!' Weißt du Lothar, auch die Ungewissheit hat viele zurückgehalten. In der ersten Zeit hieß es ja immer wieder 'die Deutschen kommen zurück'. Erst langsam wurde allen klar, dass die neue Grenze endgültig ist."
Ihr Sohn schwieg einen Moment. Dann drehte er sich zu Martin auf dem Rücksitz um.
„Die Oma ist unsere Polin – die geht jetzt in den Bäckerladen und holt uns etwas Süßes. Meinst du nicht auch, Martin?"

Theresias Herz schlug schneller, als sie sich von Dobrzeń Wielki kommend der Stadt Opole näherten. Hier hatte sie elf Jahre ihres Lebens verbracht. Hier hatte man versucht, den Kindern das 'Deutschsein' abzugewöhnen – aus deutschen Oberschlesiern Polen zu machen und aus katholischen Schlesiern – ob polnisch oder deutsch – treue Kommunisten zu formen!

Die Gedanken der Frau, die den langen Weg aus Offenbach nach Oppeln genommen hatte, überschlugen sich. All das, was sie über Jahre verdrängt hatte, ihre verleugnete Jugend, schaffte sich Platz und fand den Weg in ihr Herz.

13

Oppeln, Opole – ich bin wieder da – ich bin in der Heimat!

Am Abend gab Theresia die Speise – und Getränke-Wünsche ihrer Familie der Bedienung in polnisch auf.
Die junge Frau in der weißen Schürze schmunzelte sie an.
„Sie können getrost deutsch mit mir reden, dass fällt ihnen doch sicher leichter, oder?"
Theresia lauschte der Stimme nach. „Sie sind keine Polin – und aus Oberschlesien scheinen sie auch nicht zu kommen!"
Nun lachte die blonde, junge Frau und zeigte ihre makellosen Zähne.
„Richtig erkannt! Ich komme aus Schweedt an der Oder. Mein Freund kommt aus Gliwice und ist Lehrer hier in Opole. So bin ich halt kurzer Hand hierher gezogen. Ich habe auch sehr schnell Arbeit gefunden – schneller jedenfalls als in Brandenburg!"

Christa legte den Arm um ihre Schwiegermutter. „Nun Mutter, wie findest du es in Oppeln? Morgen zeigst du uns das Haus, in dem ihr gewohnt habt!"
Theresia lehnte sich an ihre Schwiegertochter. Sie mochte Christa – von Anfang an war sie ihr wie eine eigene Tochter.
„Nun, viel haben wir ja noch nicht gesehen. Oppeln ist eine große Stadt. Allerdings habe ich schon gesehen, dass sich viel verändert hat. Wir sind während der elf Jahre, die Herbert und ich mit den Großeltern in Oppeln verbracht haben, dreimal umgezogen.
Besser gesagt, wir mussten umziehen! Ob die Häuser noch da sind? Wir werden sehen..!"
Theresia unterbrach sich, denn die Bedienung brachte das Essen an den Tisch. Genüsslich zog sie den köstlichen Geruch in sich ein.

„Meine frühesten Erinnerungen an Oppeln sind sehr verschwommen. Es sind brennende Häuser und rauchende Ruinen. Ihr müsst wissen, dass Oppeln im Krieg heiß umkämpft war. Die Wehrmacht hat die Stadt lange verteidigt. Absolut sinnlos eigentlich...
Die Rote Armee hat Oppeln in Schutt und Asche gelegt."
„Das hast du erlebt Oma? Wie war das so im Krieg hier, als Oppeln zerstört wurde?"
Martin vergaß sein Schnitzel und die Pommes Frites. Gespannt starrte er die Oma an.
„Ach Martin, an den Krieg habe ich kaum noch Erinnerungen. Nur bestimmte Bilder – die haben sich eingebrannt da oben." Theresia klopfte sich mit dem Zeigefinger an den Kopf. „Den Krieg hier in Oppeln habe ich auch nicht erlebt. Als wir kamen, mein Bruder und ich, da waren die Kämpfe schon vorbei. Wie gesagt, ich erinnere mich an brennende Häuser und rauchende Trümmer, an Männer mit rotweißen Binden am Arm, die in einer Sprache redeten, die ich nicht verstand. Und ich erinnere mich an den St. Annaberg......"

Annaberg

„Lieber Gott im Himmel, bring uns unseren Papa wieder!"
„Heilige Mutter Gottes, breite deinen Mantel aus über unserem Land und beschütze ganz besonders unseren Vater..."
Die Gebete der drei Kinder waren inbrünstig. Ihre flehenden Blicke waren auf die Madonna geheftet und ihre gefalteten Händchen gen Himmel gerichtet.
Hier auf dem St. Annaberg war so manches Flehen erhört worden und viele Bitten waren in Erfüllung gegangen. Warum nicht auch die Bitten der Kinder?

Lange hatte Wilhelm Schwoijka dem Krieg aus dem Wege gehen können. Immer wieder war seinem Antrag auf Unabkömmlichkeit stattgegeben worden. Obwohl er sich standhaft den Aufforderungen der Behörde widersetzt hatte, seinen polnisch klingenden Namen in einen 'germanischen' umzuwandeln. Schweikert – das klang deutsch! Aber Schwoijka...

Seine Familie lebte bereits in der dritten Generation auf dem Hof bei Leschintz. Von seinem verstorbenen Vater wusste er allerdings, dass die Wurzeln der Familie im südlichen Oberschlesien zu finden waren, in der Nähe von Rybnik, das seit 1921 polnisch war.
Aber die Schwoijkas waren Deutsche, schon immer – seit den Zeiten Maria Theresias und Friedrich des Grossen. Vor allem aber waren sie katholisch, wie sich das für einen Oberschlesier gehört!

Dann jedoch, im Herbst 1943 hatte es ihn erwischt! Der Einberufungsbefehl war da und es gab kein Wenn und Aber mehr. Als Ersatz für seine fehlende Arbeitskraft wurden den Schwoijkas zwei Fremdarbeiter auf den Hof geschickt. Ein Russe aus der Ukraine und eine junge Frau aus Ostpolen.

Schweren Herzens und mit dunklen Vorahnungen trat Wilhelm Schwoijka seinen Weg an die Ostfront an. Wie hatte ihm ein Beinamputierter an einem Sonntag auf dem St. Annaberg gesagt: 'Die Zeit des Siegens ist vorbei. Ab jetzt wird gestorben in Russland...'

Seit seinem Abschied begleiteten ihn die Gebete seiner Kinder und die Fürbitten seiner Frau und seiner Mutter. Doch der Himmel stellte sich taub...
Bereits im Sommer 1944 kamen zwei uniformierte Männer auf den Hof der Schwoijkas, die den beiden Frauen die unfassbare Nachricht brachten:
'Ihr Mann und ihr Sohn ist in tapferer, selbstloser Weise für Führer und Reich, für Volk und Vaterland den Heldentod auf dem Felde der Ehre gestorben!'
Die Kinder hörten das Schreien und Weinen der beiden Frauen. Sie wussten sofort, was geschehen war.

Wieder trat man den Weg auf den St. Annaberg an. Diesmal war es ein Kreuzweg!
Die beiden Fremdarbeiter begleiteten die Schwoijkas, denn sie waren mittlerweile, trotz aller Hasstiraden der Nazis, ein Teil der Familie geworden. Gemeinsam beteten sie auf dem St. Annaberg vor der Madonna für Wilhelm Schwoijka. Nicht das er nachhause, sondern das er in den Himmel käme.

Der St. Annaberg war für die Oberschlesier ein ganz besonderer Berg. Mit seinen zahlreichen Denkmälern und Kapellen war er für polnische und deutsche Oberschlesier ein Ort des Glaubens und der Zuversicht.

Hier fühlte man sich der Jungfrau Maria und der heiligen Muter Anna besonders nahe.

Hier wurde in polnisch und in deutsch, besonders aber in schlonsakisch gebetet und gefleht.

Während des Krieges dürften die Bitten sehr konträr gewesen sein – was es dem Himmel nicht gerade einfach machte...

Für die Schwoijkas war der St. Annaberg ein ‚Familienberg'! Nicht nur, weil sie den über 400 Meter hohen Berg von ihrem Hof aus immer im Blick hatten! Hier hatte Wilhelms Vater am 21. Mai 1921 beim *Sturm auf den Annaberg* eine schwere Verwundung davon getragen.

Die Schwoijkas hatten im März 1921, wie zwei Drittel aller Oberschlesier, für einen Verbleib der Region bei Deutschland gestimmt. Als in der Folge aus Polen kommende Freischärler mit offener Unterstützung der französischen Besatzungsmacht den Anschluss Oberschlesiens an Polen mit Gewalt erzwingen wollten, war der neuen deutschen Republik durch den Versailler Vertrag die Hände gebunden. Eine offene Gegenwehr war verboten.

So bildete sich ein ‚Freikorps', der *Selbstschutz Oberschlesien*, dem sich auch Wilhelms Vater anschloss. Die militärische Auseinandersetzung wurde auf dem Sankt Annaberg, dem heiligen Ort der Oberschlesier, entschieden.

Im Oktober 1921 beschloss der Oberste Rat der Alliierten, Oberschlesien zu teilen. Ein Drittel der Region, der Süd – und Ostteil, das *reiche Oberschlesien*, das Industrierevier, wurde an Polen übertragen. Wieder einmal, wie so oft in seiner Geschichte, wurde Schlesien geteilt.

Auf dem Sankt Annaberg hatten sich Elisabeth Simon und Wilhelm Schwoijka während einer Wallfahrt im August 1930 kennen gelernt. Obwohl Elisabeth aus Oppeln kam, nahm man die Strapazen des Weges gerne auf sich – man konnte halt nicht voneinander lassen. Im Mai 1932, im Marienmonat, wurde geheiratet. Natürlich auf dem St. Annaberg.

An dem Tag im Jahr 1933 , an dem sich die Nazis mit ihrem Ermächtigungsgesetz zur Allmacht im Deutschen Reich aufschwangen, wurde ihr erstes Kind geboren. Ein Mädchen – das man ganz selbstverständlich Anna nannte. Es folgte, vier Jahre

später, ihr Sohn Herbert und zu Maria Himmelfahrt, am 15. August 1939, die zweite Tochter – Theresia.

Die glücklichste Zeit der Schwoijkas. Vielleicht auch der meisten Schlesier.

Hitler hatte mir der Besetzung des Sudetenlandes die 'Schwanzlage' Oberschlesiens beendet. Der 'Keil in das Slawentum' war deutlich breiter geworden. Warum sollte nicht auch eine Wiedervereinigung Schlesiens mit friedlichen Mitteln möglich sein?

Ein sanfter Druck aus Berlin auf Warschau und die Westmächte...

Sechzehn Tage nach Theresias Geburt war aus dem sanften Druck ein Krieg geworden. Ein Krieg, dessen Ausmaße und Folgen sich die Schwoijkas, wie die meisten Schlesier, nicht vorstellen konnten.

Unweit des Annaberges, in Gleiwitz, hatten die Nazis ein 'Theaterstück' inszeniert: Der 'Angriff auf den Sender Gleiwitz' wurde von Hitler als Rechtfertigung für den Überfall auf den Nachbarn Polen benutzt.

Aus den Volksempfängern hörten die überraschten Schlesier, dass seit den frühen Morgenstunden 'zurück geschossen' werde'.

„...von nun an wird Bombe mit Bombe vergolten...“

Bislang hatte man in Leschintz vom Krieg nichts mitbekommen. Wären nicht die Evakuierten aus den zerbombten Reichsteilen gewesen, wären nicht die Fremdarbeiter auf den Höfen tätig gewesen und wären nicht nach und nach alle waffenfähigen deutschen Männer verschwunden – man hätte meinen können, es wäre tiefster Frieden.

Die Flüchtlingstrecks, die sich seit dem Herbst 1944 auf die Reichsgrenzen zu bewegten, bekamen die Leschnitzer nicht zu Gesicht. Die Flut der 'volksdeutschen Siedler', die sich im besetzten Ostpolen niedergelassen hatten, schwappte auf das Reich zu. Zwar besuchten ab und zu einzelne, schwerbepackte Flüchtlinge den Hof der Schwoijkas, um Essen und Trinken oder eine Bleibe für die Nacht zu erbitten. Aber wenn sie begannen, von den Gräueltaten der Russen zu erzählen wurden die Kinder stets aus der Stube geschickt.

An Allerheiligen, als sie nach dem Kirchgang beim Mittagessen zusammen saßen, legte die Großmutter ihr Besteck zur Seite und wendete sich an die drei Enkel:
„Kinder, glaubt nicht alles, was euch Fremde über die russischen Soldaten erzählen. Es gibt überall gute und böse Menschen. Auch bei den Soldaten, egal ob Russen oder Deutsche. Außerdem Anna...," sie wendete sich an ihre älteste Enkelin , „du musst bedenken, dass diese Flüchtlinge vor Jahren den Polen und Russen das Land, die Höfe und Häuser einfach abgenommen haben. Ist es da ein Wunder, dass sich viele russische Soldaten so benehmen? Wenn die Russen wirklich bis zu uns kommen sollten, was ich nicht glaube Kinder, dann werden sie sich bei uns ganz anders verhalten. Wir haben ihnen schließlich nichts getan. Was meinst du Magda?"

„Ich weiß nicht Frau Schwoijka. Ich glaube, die Rote Armee tut den Deutschen das an, was die deutsche Wehrmacht den Russen angetan hat."

„Magda, fuhr Elisabeth Schwoijka auf. „Du glaubst doch nicht, dass mein Mann...?"

„Nein natürlich nicht Frau Schwoijka. Ihre Schwiegermutter hat schon recht: Es gibt überall böse und gute Menschen."

Drei Wochen nach Weihnachten hörten die Schwoijkas zum erstenmal das ferne Grollen der näher rückenden Front. Wie bei einem Wetterleuchten sah man in der Dunkelheit ein schwaches aber scheinbar unentwegtes Blitzen am Himmel. Am nächsten Morgen holte Elisabeth die Kinder früh aus den Betten.

„Zieht euch an Kinder, wir gehen auf den St. Annaberg zum beten. Anna und Herbert, ihr zwei geht mir vorläufig nicht mehr in die Schule."

An diesem bitterkalten Januarmorgen kämpfte sich die Familie durch den hohen Schnee auf den tiefverschneiten St. Annaberg.

Nachmittags rief die Mutter ihre drei Kinder hinaus auf den Hof.

„So ihr drei, zeigt mit doch mal euer Lieblingsversteck!"

Erstaunt blickten die drei ihre Mutter an. Die zwölfjährige Anna war die erste, die denn Sinn dieser Frage verstand.

„Ich werde mich über dem Kuhstall im Heu verstecken. Da wo die Balken so morsch sind. Da kommt kein Erwachsener hin ohne zwischen die Kühe zu stürzen. Wenn du vorsichtig bist Mama, kannst du dich dort auch verstecken!"

Elisabeth nickte und blickte auf Herbert. Der deutete auf den Taubenschlag im Garten neben dem Wohnhaus. Der

Schlag stand auf vier Pfosten etwa drei Meter über dem Boden. Wilhelm Schwojka, der Tauben liebte, hatte den Taubenschlag mit einem spitzgiebligen Ziegeldach versehen. Durch den geschaffenen Kniestock waren rechts und links des eigentlichen Schlages zwischen Dach und Taubenschlag zwei kleine Kammern entstanden. Herbert hatte einige Bretter im Schlag gelöst und sich so Zugang zu einem der Hohlräume verschafft. Die beiden Kleinen versteckten sich gern in dieser luftigen Höhle.

„Ein prima Versteck," kommentierte die Mutter und schaute auf Oleg, der an die Gruppe herangetreten war.

„Biete Frau Schwojka – ihr nix verstecken hier!" Er deutete hinter sich auf den nahen Wald.

„Biete, ihr verstecken in Wald. Alle! Wald tief und dunkel und viel groß. Russe nix finden euch. Auch Magda mitnehmen! Ich bleiben in Stall und machen Tiere! Biete..."

Elisabeth blickte den russischen Fremdarbeiter unsicher an. Eigentlich ein lieber Kerl auf den man sich immer verlassen konnte. Aber konnte man ihm jetzt trauen – in dieser Situation? Sie schüttelte entschieden den Kopf.

„Das geht doch nicht Oleg! Ja, wenn ich allein wäre... Aber die Kinder, Oleg und die alte Mutter. Nein Oleg, es ist bitterkalt draußen. Die würden mir doch alle erfrieren!"

Der Russe zog die Schultern hoch. „Hier nix gut – gefährlich, gefährlich!"

Dankbar legte Elisabeth ihre Hand auf Olegs Schultern. „Oleg, die Russen werden schon anständig mit uns umgehen. Wir haben ihnen doch nichts getan.

Aber du und Magda, ihr solltet besser im Wald verschwinden. Ihr habt für Deutsche gearbeitet, wenn auch nicht freiwillig. Das kann für euch zwei genauso

gefährlich werden, wie für uns Deutsche! Nehmt euch Wolldecken aus dem Haus und die Pferdedecken.
Versteckt euch im Wald, bis die Luft rein ist Oleg. Du kennst dich ja aus."
Der Mann schüttelte verständnislos den Kopf. „Biete Frau – ihr mitkommen alle. Russen sehr böse auf Deutsche – machen alle kaputt!"
Elisabeth lachte. „Na Oleg, so schlimm wird's schon nicht werden. Außerdem..." sie griff sich an die Stirn, „... wir haben doch einen polnischen Namen und Mutter kann polnisch."

In den nächsten Tagen sahen die Schwoijkas deutsche Soldaten in geordneten und weniger geordneten Gruppen. Zum erstenmal in ihrem Leben sahen die Kinder Kradmelder durch die verschneiten Wege fahren. Einer von ihnen ließ sich dankbar seine Feld-Flasche mit heißem Tee füllen.
„Die Russen stoßen in breiter Front auf die Oder zu. An manchen Stellen haben sie den Fluss schon erreicht und versuchen Brückenköpfe zu bilden. Ihr seit ja eine Ecke weg vom Fluss, hier wird es wahrscheinlich ruhig bleiben. Am eroberten Hinterland werden sie vorerst kein Interesse haben, die wollen über die Oder– nach Berlin."
Der Soldat startete sein Motorrad. „Passt mir auf polnische Partisanen auf. Die Polaken folgen der Roten Armee wie die Schmeißfliegen!"

Am Abend, nach dem das Vieh versorgt war, nahm die Hofgemeinschaft zusammen das Abendessen ein. Die Stimmung war sehr gedrückt. Die Erwachsenen am Tisch schwiegen vor sich hin.
Vor dem Schlafengehen betete Elisabeth mit ihren Kindern wie jeden Abend vor dem kleinen Altärchen mit dem Kreuz und dem Bild der Muttergottes. Wie

immer brannten auch die beiden Kerzen davor. Keiner ahnte, dass es das letzte Mal war...

„Sie kommen – sie kommen!" Magda kam mit fliegenden Röcken durch die Toreinfahrt in den Hof gefegt.

„Die Russen kommen. Hier her! Ich habe sie gesehen – zwei Fuhrwerke und ein paar Motorräder. Sie müssen bald hier sein!"

Die Erstarrung dauerte nur wenige Sekunden, dann begann Elisabeth zu handeln.

„Schnell Kinder versteckt euch. Nehmt euch Decken mit. Los, macht schnell! Oleg und Magda – verschwindet in den Wald. Wenn ihr es noch schafft, nehmt die beiden Pferde mit. Bis es dunkel wird, werden die Kerle hoffentlich wieder weg sein!"

Die Menschen stoben auseinander. Jeder wusste, wohin er zu gehen hatte. Herbert hatte eine Pferdedecke unter dem Arm und half der kleinen Theresia der Leiter zum Taubenschlag hinauf. Oben angekommen gab er der Leiter einen Stoß, dass sie zur

Seite kippte und sofort im tiefen Schnee versank.

Eine unheimliche Stille hatte sich über den Hof gelegt. Nur das gelegentliche Quieken eines Schweins war aus den Ställen zu hören. Die wenigen Tauben, die sich noch im Schlag befanden, hatten sich wieder beruhigt und akzeptierten die Nachbarschaft der beiden Kinder. Dann hörte man das Brummen von Motoren und fünf Soldaten auf ihren Motorrädern bogen in den Schwojkaschen Hof ein. Sie trugen schmutzigbraune Uniformen, die ziemlich heruntergekommen schienen. Über ihren Schultern hingen Maschinengewehre. Kaum waren die fünf von ihren Maschinen geklettert, als ihnen zwei Pferdefuhrwerke folgten. Von jeweils zwei armseligen, halbverhungerten Kleppern gezogen, quälten sich die Wagen durch die enge Hofeinfahrt. Auf jedem der Wagen saßen zwei russische Soldaten, die nicht besser aussahen als ihre Kameraden.

Der Wagen hielt und die Männer sprangen von den Böcken, sofort nach ihren Gewehren greifend. Ohne zu zögern wandten sie sich den Ställen zu. Die fünf Soldaten, die mit den Motorrädern gekommen waren schritten auf das Haus zu und verschwanden in der Eingangstür.

Nach einiger Zeit hörten die beiden Geschwister in ihrem Versteck die gellenden Schreie der Frauen aus dem Haus. Immer und immer wieder Schreie, die bald schwächer wurden und kaum noch zu vernehmen waren.
Die russischen Soldaten warfen sich einige Worte zu und lachten rau. Sie hatten inzwischen begonnen, ,ein Fuhrwerk mit Futtervorräten aus der Scheune zu beladen. Einer von ihnen hatte den Weg in den Hühnerstall gefunden. Ein wildes und aufgeregtes Gegacker drang aus dem Schuppen.
Voller Entsetzen sahen Herbert und Theresia, wie der Soldat mit einem Sack auf dem Rücken aus dem Hühnerstall heraustrat. Aus dem großen Sack triefte das Blut der toten Hühner. Auch im Schweinestall war Unruhe entstanden. Das panische Gequieke der Schweine übertönte alle anderen Geräusche auf dem Hof.
Dann fielen Schüsse im Stall. Fünfzehn, zwanzig – Herbert zählte sie nicht! Wenig später zerrten die Russen die blutenden Schweine aus dem Stall heraus und warfen sie auf den hinteren Wagen.

Herbert hatte seine Schwester in den Arm genommen und hielt ihr den Mund zu. Die kleine Theresia hielt ihre Augen fest geschlossen und drückte ihr Gesichtchen in die raue, kratzende Pferdedecke.
Mittlerweile schleppten die fünf Soldaten die im Haus waren, schwere Bündel und Kisten heraus. Sie riefen

ihre vier Kameraden und schickten sie ins Haus. Wieder hörten die beiden Kinder die fürchterlichen Schreie...

Die russischen Soldaten begannen nun die Kühe aus dem Stall zu treiben. Ein hektisches Getümmel entstand auf dem Hof.
Plötzlich ertönte ein schriller, spitzer Schrei und man hörte das rohe Lachen der Soldaten im Kuhstall.
Herbert hatte Mühe nicht selbst zu schreien. Zwei der wilden Gesellen zerrten seine Schwester Anna hinter sich aus dem Kuhstall heraus. Ohnmächtig vor Wut musste Herbert mit ansehen, wie die beiden Soldaten seiner Schwester trotz der bitteren Kälte die Kleider vom Leib rissen, bis sie völlig nackt war..
Einer der Männer stieß sie auf den Strohhaufen, der vor dem Kuhstall lag und warf sich auf das Mädchen. Anna stieß entsetzliche Schreie aus und strampelte heftig. Kaum war der Soldat wieder aufgestanden wälzte sich der nächste auf die Kleine.

„Nein, nicht! Nicht meine Tochter! Bitte nicht...!" Die Geschwister im Taubenschlag sahen ihre Mutter über den Hof wanken. Einer der russischen Soldaten sprang auf sie zu, griff nach seinem Gewehr und schlug Elisabeth den Kolben auf den Kopf.
Starr vor Schrecken mussten Herbert und Theresia mit ansehen, wie ihre Mutter blutüberströmt auf dem Hof zusammenbrach.
Inzwischen war der nächste Russe auf Anna gestiegen, die längst nicht mehr schrie...

Halb ohnmächtig vor Schmerz und Entsetzen hatten sich Theresia und Herbert eng aneinander geschmiegt und die Pferdedecke über den Kopf gezogen. Plötzlich wurde es wieder entsetzlich laut auf dem Hof draußen. Schüsse fielen.

Als Herbert den Kopf hob um hinaus zu spähen, sah er das Oleg wie ein Berserker auf den russischen Soldaten zustürzte, der sich mit Anna beschäftigte. Er zerrte ihn von dem Strohhaufen weg und stieß ihn in den Kuhstall hinein. Mit einem Sprung und einem hastigen Griff fasste er das an der Wand stehende Gewehr und schoss. Im gleichen Augenblick fiel einer der russischen Soldaten zu Boden. Die anderen reagierten blitzschnell. Sie gaben ihre Salven auf Oleg ab, der regungslos vor der Stalltür liegen blieb.

Herbert kuschelte sich völlig verstört an seine kleine Schwester. Eine bleierne Schwere befiel ihn. Die eisige Kälte nahm er nicht mehr wahr.

Die Kinder kamen wieder zu sich, als sie das Prasseln und Knacken des Feuers hörten. Dunkelheit hatte sich inzwischen über die verschneite Landschaft gelegt. Wohnhaus und Scheune brannten lichterloh. Die Flammen beleuchteten den Hof taghell. Dort war nichts mehr zu sehen. Es war alles wie leergefegt...

Hilflos vor Angst und Schrecken mussten die Kinder aus ihrem Versteck heraus zusehen, wie ihr Heim – wie alles was ihnen lieb und wertvoll war, den gierigen Flammen zum Opfer fiel .Der Selbstschutz des menschlichen Organismus erbarmte sich der Kinder. Ein gnädiger Schlaf kam über die Geschwister – ein Schlaf, der einer Besinnungslosigkeit gleich kam.

Mitten in der Nacht bemerkte Herbert im Unterbewusstsein, dass die Leiter an den Taubenschlag angestellt wurde. Wenig später wurden die Bretter zu ihrem Versteck zur Seite geschoben.

Im Dunkeln hörten sie die Stimme von Magda, ihrer polnischen Fremdarbeiterin.

„Kommt ihr zwei, es ist vorbei! Es ist alles vorbei!"

Der Weg nach Oppeln

Der Schwoijkasche Hof war Opfer eines Requirierungskommandos geworden.
Die meisten Gehöfte der Umgebung waren zu diesem Zeitpunkt von ihren Bewohnern bereits verlassen worden. Die Schwoijkas aber waren geblieben. Sie wurden Opfer eines ungeschriebenen, unmenschlichen und gnadenlosen Gesetzes – so alt wie die Menschheit: ‚Der Krieg muss sich selbst ernähren...'

Magda und Oleg waren, wie von Elisabeth befohlen, mit den beiden Zugpferden in den nahen Wald geflohen. Nachdem sie die Tiere in Sicherheit wussten, hatten sich die beiden wieder unter die dicht verschneiten Bäume am Waldrand geschlichen. Dort hörte Oleg die Mark und Bein durchdringenden Schreie der jungen Anna.
Magda hatte vergeblich versucht, den zornbebenden Ukrainer zurückzuhalten...

Nachdem die Russen abgerückt waren, wartete Magda die völlige Dunkelheit ab. Dann holte sie eines der Pferde und ging in der gleichen Spur, in der sie gekommen waren zurück zu dem lichterloh brennenden Gehöft.
Hier gab es nichts mehr zu retten! Stallungen und Scheune waren bereits bis auf die Grundmauern abgebrannt. In dem mit dichtem Rauch erfüllten Eingangsbereich des Wohnhauses fand sie die bereits angekohlten Leichen von Oleg, Anna und Elisabeth.
Ein weiteres Vordringen in das Haus war Magda nicht mehr möglich, denn das Obergeschoss des brennenden Gebäudes stürzte allmählich ein und gab den Flammen im Untergeschoss neue Nahrung.

Die junge Polin stürmte durch den tiefen Schnee zum Taubenhaus. Sie stellte die Leiter an und fand die beiden völlig verstörten Kinder in ihrem kalten Versteck. Trotz allem Grauens, trotz aller Trauer fiel Magda ein Stein vom Herzen. Fürsorglich hüllte sie die beiden Geschwister in die Pferdedecken ein und brachte sie nach unten. Der Ackergaul war aus lauter Angst vor dem hellen Feuerschein hinter Magda her, durch den tiefen Schnee, bis zum Taubenschlag gestampft.

Entschlossen setzte die Fremdarbeiterin die Kinder auf den breiten Rücken des Pferdes.

„Haltet euch gut fest ihr zwei – und haltet euch vor allem schön warm!"

Theresia und Herbert sprachen kein Wort. Sie ließen alles ohne eine Regung über sich ergehen. Während das Mädchen die Augen geschlossen hielt, starrte Herbert mit leerem Blick in das langsam herunterbrennende Feuer.

Ehe die Gruppe den verwüsteten Hof verließ, kam Magda noch ein Gedanke. Der Holzschuppen hinter dem brennenden Wohnhaus war gänzlich verschont geblieben. Hier lagerten die Brennholzvorräte der Familie. Außerdem hatten die Schwoijkas hier, unter einer dicken Schicht Stroh, ihre Kartoffeln und das Wurzelgemüse zum Überwintern gelagert. Entschlossen tastete die Polin sich in den Schuppen hinein und fand im Dunkeln die neben der Tür hängenden, leeren Hanfsäcke. Eilig füllte sie zwei der Säcke mit den klein gehackten Holzscheiten, während sie einen dritten Sack mit Kartoffeln, Möhren und Sellerie voll stopfte.

Mit den Stricken, die sie ebenfalls im Schuppen fand, befestigte sie die Säcke am leichten Geschirr des Pferdes. Als der schwere Wallach nun neben ihr durch die dunkle Nacht stapfte, zog er die drei Säcke mit Leichtigkeit hinter sich her durch den Schnee.

Die eisige Kälte des oberschlesischen Winters schienen die beiden jungen Schwoijkas nicht wahrzunehmen. Obwohl Magda pausenlos auf sie einredete gaben sie keinen Laut von sich. Das Entsetzen hielt sie gefangen! Inzwischen waren sie in den Wald eingedrungen. Trotz des tiefen Dunkels trottete der Wallach willig hinter der jungen Frau her, die bislang ihrer Spur im Schnee gefolgt war.

Nun allerdings, unter dem dichter werdenden Dach der Bäume, gingen die Spuren verloren. Immer wieder verharkten sich die Säcke hinter dem Gaul an Ästen und Wurzelwerk. Schließlich hörten sie in der Ferne das verängstigte Wiehern eines Pferdes und augenblicklich übernahm der Wallach die Führung der kleinen Gruppe. Die Kinder schmiegten sich tief auf den breiten Rücken des Gaules, der sich den Weg durch das dichter werdende Geäst bahnte.

Endlich erreichten sie die kleine Lichtung, auf der sie das zweite Pferd, freudig erregt schnaubend, erwartete. Während die Kinder von ihrem Reittier herabstiegen, befreite die Polin den Gaul von den drei Säcken. Auf einer schneefreien Fläche, unter den dichten Ästen zweier Fichten, gelang es der Frau nach einigen missglückten Versuchen, ein kleines Feuer zu entfachen. Dicht neben dem Feuer breitete sie eine der groben Decken aus und dann kuschelten sich die drei Flüchtlinge, in die restlichen Decken gehüllt, an das wärmende Feuer.

„Was machen wir jetzt Magda?" Herbert beobachtete mit hungrigen Augen, wie die junge Frau Kartoffeln und Möhren in die heiße Glut des Feuers legte.

Die Nacht war inzwischen einem kalten aber sonnigen Wintermorgen gewichen. Die kleine Theresia war zu den Pferden getreten, um ihnen einige der mittlerweile tiefgefrorenen Möhren hinzuhalten.

Bei jedem Atemzug entwich eine Dampfwolke aus den Nüstern der Gäule in die kalte, klare Luft. Das kleine Mädchen sprach immer noch kein Wort. Stumm starrte sie vor sich hin. Auch Herbert hatte noch kein Wort über die Geschehnisse des letzten Tages verloren.

Magda hob die Schultern. „Ich weiß es nicht Herbert. Eigentlich will ich nachhause – nach Lemberg. Das ist ein sehr weiter Weg."

Sie warf dem Jungen einen Blick zu. „Da kann ich euch nicht mitnehmen. Außerdem..." sie unterbrach sich und wendete die Kartoffeln, „...außerdem arbeitet meine Schwester in Oberglogau, in einem Sägewerk am Hotzenplotz. Die würde ich gern mitnehmen. Aber das ist auf der anderen Seite der Oder!"

Sie stand auf, trat auf die kleine Lichtung und steckte sich etwas Schnee in den Mund.

„Zurück können wir nicht Herbert! In Leschnitz sind kaum noch Deutsche – und wie sich die polnischen Partisanen verhalten, weiß ich nicht. Über die Oder können wir nicht, da sind die Russen."

Magda überlegte einen Augenblick. „Am Besten, wir versuchen in die Kreisstadt zu kommen, nach Groß-Strehlitz. Vielleicht ist da schon wieder ein bisschen Ordnung eingekehrt."

Sie hockte sich wieder an das Feuer und angelte mit zwei Astgabeln die heißen Kartoffeln und die Möhren aus der Glut.

Dem Beispiel der Fremdarbeiterin folgend hatte auch Herbert sich kalten Schnee in den Mund gestopft. Er trat hinter die junge Frau und legte ihr seine klammen Finger auf die Schultern.

„Du Magda, meine Großeltern wohnen in Oppeln. Können wir nicht dahin gehen?"

„Ich weiß Herbert." Die Polin spießte eine heiße Kartoffel auf einen dünnen Ast und reichte sie dem Jungen.

„Aber Oppeln liegt direkt an der Oder – dort wird mit Sicherheit gekämpft und ... wahrscheinlich sind deine Großeltern schon gar nicht mehr da!"

„Dann wären sie zu uns gekommen Magda. Ohne uns würden Oma und Opa niemals gehen. Bitte Magda....," der Junge sah die Polin flehend an „... lass es uns wenigstens versuchen!"

Schweigend nahmen die drei ihre karge Morgen-mahlzeit ein. Dicht an das Feuer gedrängt verzehrten sie die trockenen Kartoffeln und die durch den Frost noch süßer gewordenen Möhren.

Nach dem Essen legte Magda noch einmal Holz nach. Dann schüttete sie den Rest des Brennholzes aus den Säcken und legte die Scheite an eine trockene Stelle unter dem Baum.

„Also gut Herbert, wir versuchen nach Oppeln zu kommen. Aber nicht sofort! Wir bleiben einige Tage hier in unserem Versteck. Zunächst gehe ich mit Hugo..." sie deutete auf den Wallach, „ noch einmal auf den Hof zurück. Ich werde ordentlich Holz holen, damit es uns einige Tage wärmen kann. Jetzt wo es hell ist, finde ich vielleicht noch einige Dinge die wir gebrauchen können. Ihr zwei bleibt hier und rührt euch nicht, verstanden? Und Herbert – achte auf deine Schwester! Sie braucht nun ganz besonders deinen Schutz."

Magda band ‚Hugo' vom Baum los und wollte sich auf den Weg machen.

„Magda...!" Herbert rief der jungen Frau nach.

„Sei vorsichtig Magda, bitte!"

„Keine Sorge Herbert. An rauchenden Trümmern hat niemand Interesse. Russen nicht, Polen nicht – und Deutsche sind keine mehr da!"

Der Hof lag weit abgelegen vom nächsten Ort. Die beiden Gehöfte in der Nähe waren bereits vor Tagen verlassen worden. Trotzdem verhielt sich Magda äußerst vorsichtig. Nicht nur der Holzschuppen, auch der Pferdestall mit seinen Bruchsteinmauern hatte einigermaßen unversehrt den Brand überstanden.

Im Laufe des Tages brachte die junge Polin alle nützlichen Dinge auf dem Rücken des Pferdes zu ihrem Versteck im Wald. Mutig geworden nahm sie bei ihrem letzten Gang beide Gäule mit, um den verlassenen Nachbarhof zu besuchen.

Auch dort war alles geplündert und leergeräumt. Immerhin fand sie noch Heu und Schrot als Futter für die geduldigen Vierbeiner.

Am Nachmittag begann es zu schneien und Magda kämpfte sich mit den beiden hochbeladenen Pferden zum Wald zurück.

Hier hatte Herbert mit seiner Schwester während des Tages Berge von Ästen und Bruchholz gesammelt. Noch während der Dämmerung bauten sich die Flüchtlinge unter einem Nadelbaum mit besonders dichten und tiefhängenden Ästen aus dem gesammelten Holz einen Unterstand, der sie vor Schnee und Kälte etwas schützen konnte und die Wärme des Feuers nicht so schnell entweichen ließ.

Die Schätze des Hofes türmten sich in und um die kleine Hütte. Pferdedecken und leere Säcke, einige Metalleimer, Berge von Brennholz, Säcke voll Kartoffeln und Wurzelgemüse. Aus dem Pferdestall hatte Magda Zaumzeug, Messer und Werkzeuge mitgebracht – und was sie besonders freute: Eingewecktes in Gläsern aus dem Schrank im Pferdestall, das die Russen offensichtlich verschmäht hatten.

Die frostempfindlichen Lebensmittel verteilten sie dicht um ihren Unterstand und bedeckten sie mit Säcken und einer dicken Schicht des ‚geliehenen' Heus.

Im Pferdestall hatte Magda auch die grünen Leinwände gefunden, die während der Drescharbeiten im Herbst als Sonnen – und Regenschutz auf dem Hof dienten.

Damit kleidete sie nun den Unterstand von innen aus – als Schutz gegen Wind und Kälte und um zu vermeiden, das der Funkenflug ihres kleinen Feuers einen Brand verursachte. Sorgsam achtete sie darauf, dass der Rauch aus ihrer Höhle entweichen konnte. Auch die beiden Arbeitspferde brachten sie tiefer im Wald unter dichten Bäumen unter, wo sie trocken und ausreichend mit Heu versorgt die Nacht verbringen konnten.

Auf einem etwas größeren Feuer mitten auf der Lichtung hatte es Herbert übernommen, in einer Zinkwanne Schnee zu schmelzen. Er schimpfte und fluchte vor sich hin, weil trotz riesiger Mengen Schnees sich die Wanne nur langsam füllte.

Als der Schneefall noch heftiger einsetzte, stellte er seine Bemühungen ein. Immerhin reichte das gewonnene Wasser aus, um den Durst von Mensch und Tier zu stillen.

Im Schutz des Waldes verbrachten die Flüchtlinge die zweite Nacht – diesmal ohne zu frieren.

Im Lauf des folgenden Tages brach Anna noch einmal mit den beiden Pferden auf, um vom benachbarten Hof Futter für die Tiere zu holen. Sie hatte sich in der Nacht entschieden, mit den Kindern so lange als möglich in ihrem sicheren Versteck zu bleiben.

Auch diesmal bekam sie keinen Menschen zu Gesicht. Während des Rückmarsches begann es erneut zu schneien und dankbar bemerkte die Frau, dass Wind und Schnee ihre Spuren verwischte.

Die Fremdarbeiterin hatte eine kluge Entscheidung getroffen. In den nächsten Tagen belebten sich die Höfe wieder. Es waren jedoch nicht die Besitzer die zurückkehrten, sondern polnische Milizen, die die Gegend durchkämmten und die Gehöfte für neue, polnische Ansiedler in Beschlag nahmen.

Eine zweite Welle von Plünderung, Mord und Vergewaltigung schwappte über die verbliebenen Bewohner Schlesiens. Diesmal waren es nicht nur russische Soldaten, sondern auch selbsternannte polnische Milizionäre. Auch diese zweite Welle machte oftmals keinen Unterschied zwischen deutschen und polnischen Schlesiern.

Hass und Rache, herauf beschworen durch eine entmenschte ‚Herrenrasse' senkte sich über Schlesien.

Wer Gewalt sät, wird Gewalt ernten....

Mehr als zwei Wochen blieben die Obdachlosen in ihrem Versteck im Wald.

Allmählich allerdings gingen die Vorräte zur Neige. Besonders das Futter für die Pferde und das trockene Brennmaterial gingen zu Ende.

Da auch die eisige Kälte deutlich nachgelassen hatte, entschloss sich Magda, mit ihren Schützlingen aufzubrechen.

Die beiden schweren Pferde wurden mit den wenigen Habseligkeiten beladen und ganz oben thronte, auf jedem der Pferde, ein Schwoijka-Kind. Die junge Polin führte die Pferde am Halfter. Sie hatte eine ungefähre Vorstellung, welchen Weg sie nach Groß-Strehlitz einschlagen musste.

Sie war mit Schwoijkas schon einige Male in der Kreisstadt gewesen. Magda erinnerte sich noch gut an das Erlebnis in Groß-Strehlitz einige Tage vor dem Weggang von Wilhelm Schwoijka. Damals hatte die ganze Familie in einer Gaststätte in der Kreisstadt gegessen. Wie selbstverständlich hatte man die Fremdarbeiterin eingeladen.

Während der Mahlzeit war ein SA-Mann an den Tisch herangetreten um die Polin aus dem Raum zu weisen. „Zwangsarbeiter kriegen hier nichts zu fressen! Die Volksgenossen im Reich müssen Opfer bringen und hier wird ein Pollake gefüttert. Raus hier, du Schmarotzer!"

Langsam war Wilhelm Schwoijka aufgestanden und hatte den SA-Mann an seiner braunen Krawatte gepackt. „Mein lieber Freund, du sprichst mit einem deutschen Bauern. Wer für mich arbeitet, der wird auch von mir ernährt. Wir Bauern ernähren in der Tat viele Schmarotzer – aber die tragen braune Uniformen! Und jetzt verschwinde hier, sonst hast du meine Suppe auf deiner schönen Montur!"

Das Braunhemd hatte sich schimpfend und drohend verzogen. Dann war der Wirt an den Tisch gekommen und hatte Magda eine Brause vor die Nase gestellt.

„Bravo," hatte er gesagt.
„Bravo! Ich kann diese Speichellecker nicht mehr ertragen. Bei mir wird jeder Gast bedient, besonders wenn er so hübsch ist wie sie, mein Kind!"
Trotz aller Befürchtungen war das Geschehen ohne Folgen für die Schwoijkas geblieben.
Wilhelm Schwoijka hatte mit seinem mutigen Auftreten dafür gesorgt, dass sich ihr Bild über die Deutschen nachhaltig änderte. Wehmütig dachte sie an seine Worte, als er sich von ihr verabschiedete:
„Wir werden den Krieg verlieren Magda und dann gehörst du zu den Siegern. Denk daran, dass nicht alle Deutschen schlecht sind!"

Die junge Frau aus Lemberg vermied es sorgsam, Strassen oder Ansiedlungen auf ihrem Weg zu passieren. Um jeden Hof, um jedes Dorf schlug sie einen größeren Bogen. Jede Deckung nutzten sie, um unliebsamen Begegnungen aus dem Weg zu gehen.
So wurden aus dem geplanten Tagesmarsch zwei Tage.

Kurz vor Groß-Strehlitz geschah dann das Unvermeidbare: Auf einer unbelebten, kleinen Straße kamen ihnen zwei russische Militärfahrzeuge entgegen. Eine Möglichkeit sich zu verbergen, gab es nicht.
Mit rasendem Herzen sah Magda den beiden Fahrzeugen entgegen.

Ein russischer Offizier stieg aus dem ersten Auto und ging der seltsamen Gruppe entgegen.
Sein besonderes Augenmerk galt den beiden Pferden.

„Du deutsch?" sprach er Magda an. Die junge Frau antwortete auf polnisch. Ohne darauf zu reagieren trat der Offizier an die Pferde heran und tätschelte sie anerkennend. Dabei wanderte sein Blick über die beiden Kinder. Er erkannte unter Herberts Mütze die blonden Haare des Knaben und grinste.

„Nix polnisch – ihr deutsch!"

Er ging auf Theresias Pferd zu. Und plötzlich, zum erstenmal seit fast drei Wochen ertönte Theresias Stimme: Ein gequältes Stöhnen – und dann ein gellender Schrei!

Erschreckt sprang der Russe ein Stück zurück und machte eine beruhigende Geste.

Inzwischen war aus dem zweiten Fahrzeug ein junger Mann in Zivil heran gekommen. Er trug eine rotweiße Armbinde und sprach Magda auf polnisch an.

„Woher habt ihr die Pferde? Wo habt ihr sie gestohlen?"

„Die Pferde gehören den beiden Kindern. Es ist alles, was sie noch besitzen."

In Magda löste sich der Schreck und sie begann dem jungen Polen die Abläufe der letzten Wochen zu schildern. Der Mann mit der rotweißen Binde übersetzte dem Russen Satz für Satz.

Der schüttelte immer wieder den Kopf und warf mitleidige Blicke auf die beiden kleinen Schwojkas.

Als der Pole geendete hatte, schaute der Offizier zu Herbert empor.

„Ich mir schämen für russische Soldaten. Sein so schlimm wie deutsche Soldaten! Ihr mir glauben, ich nix böse! Alle Russen nix böse wenn Frieden!"

Dann wendete er sich an Magda.

„Was sollen machen? Soldaten haben Hunger – nix Essen. Soldaten nix haben Frauen und Soldaten Hass haben auf deutsch!"

Er rief ein Kommando zu den Fahrzeugen hinüber und sofort sprang ein Soldat mit einem schwarzen Beutel heran. Der russische Offizier griff in den Beutel und zauberte ein Päckchen mit englischer Aufschrift hervor.

– Schokolade –

Er reichte das Päckchen zu Herbert hinauf. Dann warf er einen Blick in den Beutel und winkte lachend ab. Er warf das Säckchen dem Jungen zu.

„Von Amerikans! Wir nix mögen – immer kauen! Amerikans sagen Chewing gum!"

Er trat langsam an Theresias Gaul heran.

„Du nix Angst haben kleine Frau. Du sein viel tapfer! Wir nix böse! Du wollen zu Babuschka?"

Theresia warf Magda einen hilflosen Blick zu. Die nickte und sagte nur „Oma".

„Da, Oma – Babuschka!" Der Russe trat ganz dicht an das Pferd heran und flüsterte:

„Babuschka sein immer gut – auch mein Babuschka viel gut!"

Nun begann der Offizier, lange auf seinen polnischen Begleiter einzureden. Der nickte und schien einige Fragen zu stellen. Der Russe lachte und fuchtelte mit den Armen. Dann deutete er auf die Kinder.

Endlich wendete sich der Dolmetscher Magda wieder zu.

„Wir werden euch mit einem der Fahrzeuge nach Strzelce Opolskie begleiten – zur russischen Kommandantur .Dort müsst ihr die beiden Pferde abgeben, die werden beschlagnahmt. Da kann er...." damit deutete er auf den Offizier „... auch nicht helfen. Er wird aber dafür sorgen, dass ihr anständig zu essen bekommt und einen ordentlichen Platz zum Schlafen habt. Heute Abend seit ihr, besonders die Kinder, seine

Gäste. Er will den Kindern beweisen, dass es auch viele anständige Russen gibt. Außerdem ...." der junge Pole lachte. „...Außerdem meint er, dass ihr euch auch mal wieder richtig waschen solltet!"

Der Dolmetscher wurde von dem freundlichen Offizier unterbrochen. Geduldig hörte er eine Weile zu und dann übersetzte er:
„Morgen will er persönlich dafür sorgen, dass die Kinder sicher nach Opole kommen – zu ihrer Babuschka. Er traut den polnischen Milizen nicht, wenn es um Deutsche geht."

Den letzten Satz hatte der junge Pole mit etwas verkniffenem Gesicht übersetzt. Nun lächelte er wieder und übersetzte weiter:
„ Sie meine Liebe sind eine Polin. Eine Frau die für Deutsche Zwangsarbeit leisten musste. Das sie trotzdem ihren deutschen Peinigern so rückhaltlos helfen, davor hat er großen Respekt."

Magda blickte den Russen mit großen Augen an. „Sagen sie ihm bitte, dass ich seiner Meinung bin. Es gibt schlechte und gute Menschen. Bei den Polen, bei den Russen – und bei den Deutschen! Ich habe gute Deutsche kennen gelernt, die mich geschützt und gemocht haben."

Während der Pole übersetzte, nickte der Offizier nachdenklich.
„Wenn böse Krieg zu Ende, dann machen neue Welt! Wir alle muss helfen! Krieg nix gut, Krieg nie gut!"

Er heftete seinen Blick auf Herbert und streckte ihm seinen Zeigefinger entgegen.

„Du sein Zukunft! Du sein Zukunft für Frieden und nix mehr Krieg!"

Nach einigem Überreden gelang es Magda, die Kinder zu bewegen in den russischen Geländewagen zu steigen. Genau wie die Süßigkeiten war das Fahrzeug amerikanischen Ursprungs. Schließlich saßen die drei Flüchtlinge auf dem Rücksitz des Autos und die Pferde wurden am Fahrzeug festgebunden. Im Schritttempo bewegte sich der Wagen auf Groß-Strehlitz zu. Zwar kannten die Geschwister Busfahrten, aber mit einem Auto – und dann sogar einem Militärfahrzeug – waren sie noch nie gefahren.
„Warum fahren wir nicht schneller? Kann das Auto nicht schneller fahren?"
Herbert starrte fasziniert auf die Armaturen vor dem Fahrer. Der Offizier auf dem Beifahrersitz lachte.
„Wenn fahren schneller, dann reißen Kopf ab von Pferd. In Stadt nur noch Kopf da!"

Während der langsamen Fahrt schilderte der polnische Fahrer der jungen Ostpolin die Geschehnisse der letzten Wochen in knappen Worten.
Die Januaroffensive der Roten Armee hatte innerhalb kurzer Zeit ganz Zentralpolen befreit. Bald hatten die Russen die deutschen Reichsgrenzen erreicht und waren auf breiter Front Richtung Oder vorgestoßen. Dabei trieben sie nicht nur die deutsche Wehrmacht, sondern auch riesige Kolonnen deutscher Flüchtlinge vor sich her. Die zurückweichenden deutschen Truppen hatten die Oderbrücken gesprengt und verlegten damit nicht nur der Roten Armee, sondern auch der deutschen Zivilbevölkerung den Weg über die Oder.
In der zweiten Januarhälfte erreichten die Sowjets den Fluss.

Die sinnlose Verteidigung der Städte in Schlesien hatte zu unglaublichen Zerstörungen geführt. Breslau, Oppeln und viele andere Städte waren weitgehend zerstört.

Schließlich war den Russen der erwartete Durchbruch über die Oder gelungen. Die Zerschlagung des Hitler-Reiches war nur noch eine Sache weniger Wochen.
„Der Teufel in Berlin lebt aber immer noch!"
Der Pole am Lenkrad ballte seine Fäuste.
„Wenn die Russen ihn kriegen, wird er bis nach Moskau geprügelt, ehe er auf dem Roten Platz verbrannt wird!"

Hinter der Front bauten die Russen mit schwachen Kräften eine Militärverwaltung auf. Da die Militärverwaltung nicht überall sein konnte, rückten polnische Partisanen und selbsternannte polnische Milizen nach, die für Recht und Ordnung sorgten.
Recht hieß zunächst einmal – Rache an den Deutschen.
Eine marodierende Meute!
Überall kam es zu Plünderungen, Gewalttaten, Beschlagnahmung und unkontrollierter Vertreibung.
Der junge Pole am Steuer zuckte mit den Schultern.
„Wer kann es den Männern verübeln! Nachdem uns die Deutschen wie Tiere behandelt haben...!"
Magda schüttelte den Kopf.
„Es trifft immer die Unschuldigen. Erst unschuldige Polen und Russen – und nun unschuldige Deutsche."
Der Dolmetscher warf ihr einen bösen Blick zu.
„Es gibt keine unschuldigen Deutschen! Außer den kleinen Kindern vielleicht...!"

Weit über hundert Jahre hatte Groß-Strehlitz keinen Krieg mehr erlebt.

Im Januar 1945 aber schien sich die Hölle zu öffnen. Die Hölle, die ihren Satan wiederholen wollte, der vor zwölf Jahren entwichen war.

Der kleine Konvoi erreichte die Kreisstadt als es bereits dunkelte. Die Straßen der Stadt waren gespenstisch leer. Nur hin und wieder waren kleine Gruppen bewaffneter russischer Soldaten oder polnischer Milizen mit ihren rotweißen Armbinden zu sehen.

Die St. Laurentiuskirche war in der Dämmerung immer noch deutlich zu erkennen. Der knapp vierzigjährige Neubau musste seinen ersten Krieg erdulden – und gleich den schrecklichsten, den die Stadt je erlebt hatte.

Magda und ihre Schützlinge wurden in die russische Kommandantur gebracht.

Ein großes Gebäude, dessen ursprüngliche Funktion Magda nicht kannte. Sie wagte auch nicht, danach zu fragen.

In allen Räumen und auf den Gängen herrschte, trotz der abendlichen Stunden, ein hektisches Treiben. Ein Gewimmel von uniformierten Männern und Frauen. Die Bedenken der Polin waren zu ihrer Erleichterung völlig unbegründet. Die meisten der Soldaten beachteten sie gar nicht. Die Wenigen, die ihre Anwesenheit zur Kenntnis nahmen, behandelten sie höflich, ja man konnte fast sagen freundlich.

‚So lang wie der Genosse Offizier bei uns ist!' dachte Magda und hielt sich mit den Kindern dicht an seiner Seite.

Schließlich betraten sie einen großen, hellerleuchteten Raum, der von zwei überdimensionalen Schreibtischen fast vollständig ausgefüllt wurde. An der Stirnseite des Raumes fiel ihr an der Wand sofort ein großer, heller

Fleck auf. Die Polin grinste unwillkürlich. Da hatte wohl ein Bild gehangen – sie konnte sich vorstellen wer darauf abgebildet war!

An einem der Schreibtische saß ein blondhaariger, etwa vierzig Jahre alter Mann in russischer Uniform. Die obligatorische Mütze mit dem roten Stern lag neben ihm auf dem Schreibtisch. Er erhob sich sofort von seinem Stuhl und salutierte vor dem Offizier.
Der begann in der für die beiden Schwoijkas so fremden russischen Sprache auf den Blondhaarigen einzureden. Dann strich er den beiden Schwoijka-Kindern über die Haare und ging zur Tür. Auf der Schwelle drehte er sich noch einmal zu Magda um und deutete auf den Blondhaarigen.
„Er machen alles. Keine Sorgen!"

Kaum war der Offizier verschwunden wendete sich der Soldat an Magda und sprach sie in fließendem Deutsch mit einem leichten schwäbisch klingenden Akzent an.
„Guten Abend! Leider beherrsche ich kein polnisch, wir müssen also deutsch reden. Mein Name ist Nikolai Schuster. In der Sowjetunion hängt man noch ein ‚kow' an meinen Familiennamen – das klingt russischer. Meine Vorfahren stammen aus Deutschland. Ich selbst bin an der Wolga geboren. Darf ich nach ihren Namen fragen?"

Die drei Flüchtlinge starrten den Mann in der feindlichen Uniform mit offenen Mündern an. Nikolai konnte sich ein Lächeln nicht verkneifen.
„Nun Kinder, es gibt viele Menschen in der Sowjetunion, die deutsch sprechen. Allerdings..."
er senkte seine Stimme „... nur zuhause. Seit Beginn des Krieges wird deutsch nicht mehr gern gehört in Russland."

„Mein Name ist Magda Poziemba. Ich stamme aus Lemberg. Ich war..."
„Ich weiß, der Genosse Oberleutnant hat es mir berichtet. Sie waren zur Zwangsarbeit nach Deutschland verschleppt. Diese verfluchten Faschisten!"

Eben brachte ein weiterer Soldat einen großen Teller mit einem Berg belegter Brote in das Zimmer. In der anderen Hand trug er eine Blechkanne, dem der Geruch von Kamillentee entströmte.
„Nun greift erst mal zu. Genosse Oberleutnant Cherisow sagte mir, dass ihr einen Riesenhunger habt."

Schüchtern und sehr zurückhaltend griffen die Kinder nach den angebotenen Broten.
Der Belag war ihnen unbekannt und sah auch nicht sehr verlockend aus. Aber der Hunger ließ sie alle Vorbehalte vergessen – und tatsächlich, das Russenbrot war essbar.

„Wie heißt ihr denn, ihr zwei?" Nikolai beobachtete lächelnd, wie seine Gäste die Brote verschlangen. Er goss den Dreien heißen, dampfenden Tee in die olivgrünen Blechbecher auf dem Schreibtisch.
„Schwoijka," antwortete Herbert kauend. „Herbert Schwoijka – und das ist meine Schwester Theresia."
„So, Theresia – ein wunderschöner Name für ein wunderschönes kleines Mädchen. Aber – Schwoijka ist doch kein deutscher Name, oder?"
Der russische Soldat kratzte sich an der Stirn. „Es ist schon merkwürdig mit den Namen, findet ihr nicht? Ich bin Russe und habe einen deutschen Namen und ihr seit Deutsche und habt einen polnischen Namen."

Er lehnte sich zurück und überlegte. „Das kann uns sehr hilfreich sein. Ich werde euch nämlich Papiere ausstellen, genauer gesagt Passierscheine. Wenn ihr Polen seit, erleichtert das die Sache enorm. Ihr müsst halt den Mund halten und einfach stumm sein, versteht ihr? Ihr dürft nur deutsch reden, wenn ihr allein seit, ist das klar?"

Die Kinder konnten dem Russen zwar nicht folgen, aber sie nickten gehorsam.
„Theresia Schwoijka – das klingt schon polnisch. Da brauchen wir gar nichts zu machen. Aber Herbert...!"
Nikolai überlegte und warf einen Seitenblick auf Magda, die ebenfalls ihren Hunger stillte. Dann stupste er den Jungen an die Brust.
„Herbert, was hältst du davon, wenn wir dich ab heute Josef nennen. Josef wie unser großer Vorsitzender! Josef Schwoijka, ein wunderbarer Name..."
Von seinem Gedanken begeistert machte er sich ans Werk. Zum Schluss setzte er dicke Stempel unter die Dokumente.
„So! Ich habe die Papiere für Theresia und Josef zweifach ausgestellt. Einmal in kyrillisch..."
er hielt Herbert einen Schein unter die Nase „... der ist für die russischen Kontrollen – und einmal für die Polen." Nun hielt er den zweiten Schein hoch.
„Und nun zu ihnen Fräulein Poziemba. Sie haben sicher die Absicht nach Lemberg zurück zu gehen?"
„Ja, das hatte ich eigentlich vor. Aber erst, wenn die Kinder bei ihren Großeltern sind!"
Nikolai nickte. Er warf einen Blick zur Tür und dämpfte seine Stimme.
„Sie wissen Fräulein Poziemba, dass ihre Heimat seit 1939 sowjetisches Territorium ist. Daran wird sich auch nichts mehr ändern. Ich befürchte, dass sie in wenigen Monaten kaum noch Polen vorfinden werden in ihrer Heimatstadt."

Magda packte das blanke Entsetzen. Mit allem hatte sie gerechnet, aber damit...

„Aber warum denn? Lemberg ist doch polnisch!"

Nikolai sprach jetzt noch leiser.

„Die Grenze zwischen Polen und der Sowjetunion ist seit 1939 endgültig. Die neue polnische Republik wird zum Ausgleich mit deutschen Gebieten entschädigt. Die genaue Westgrenze Polens steht noch nicht fest, wahrscheinlich aber wird es die Oder sein."

Magda war aufgesprungen und wollte zu einer heftigen Entgegnung ansetzen. Der Russe kam ihr zuvor.

„Regen sie sich nicht auf Fräulein Poziemba! Es wird keine Vertreibung im Stile der Faschisten stattfinden, sondern eine planvolle, durchorganisierte Umsiedlung mit entsprechenden Entschädigungen und Abfindungen. Die Ostpolen werden in westpolnische Gebiete, dass heißt in ehemals deutsche Gebiete umgesiedelt."

Magda war leichenblass. „Und meine Familie, was wird aus meiner Familie und meinen Freunden? Ich will zu meiner Familie!"

„Bitte Fräulein Poziemba – ich mache die große Politik nicht. Eigentlich dürfte ich auch noch gar nicht darüber reden. Wie ich schon sagte, es finden planmäßige Umsiedlungen statt. Es wird ein Zentralregister geführt – es wird also überhaupt keine Probleme geben, ihre Familie wiederzufinden. Vielleicht sind sie sogar schon hier im Westen. Einen Passierschein nach Lemberg, Fräulein Poziemba, kann ich ihnen jedenfalls nicht ausstellen. Im Moment jedenfalls nicht."

Magda hatte sich wieder gesetzt. Die Nachricht musste sie erst richtig verdauen. Sie hatte auf ein freies und einiges Polen nach dem Krieg gehofft. Wie hatte Wilhelm Schwojka gesagt – ‚Du wirst zu den Siegern gehören!' Aber augenscheinlich hatte Polen den Krieg verloren! Erst hatte dieser Stalin mit den deutschen Faschisten gemeinsame Sache gemacht, und jetzt gab er das Beutegut nicht mehr her!

Der Russe schien ihre Gedanken zu erraten. Er war um den Schreibtisch herum getreten und legte Magda die Hand auf die Schulter.

„Ich komme aus der Sowjetunion und kenne die Zustände bei uns in Russland. Ich habe auch ihre Heimat gesehen und nun lerne ich die deutschen Städte und Dörfer kennen. Wenn sie meine Meinung hören wollen, Fräulein Poziemba: Ich glaube, dass die Polen ein gutes Geschäft machen werden."

„Aber Nikolai, bitte sagen sie mir – was soll aus den Millionen Deutschen werden, die auf dieser Seite der Oder leben? Wollen sich Russen und Polen genau so verhalten wie die deutschen Faschisten?"

„Aber ich bitte sie Magda! Wir haben keine Konzentrationslager und keine Gaskammern. Wir vernichten keine Völkerschaften und wir überfallen auch nicht fremde Länder.

Was mit den Deutschen wird? Nun, viele sind ja schon bereits geflohen. Andere, die Unbelehrbaren, werden sicher ausgewiesen. Die Deutschen, die bereit sind in einem neuen Polen zu leben, die werden wahrscheinlich bleiben dürfen. Aber wie gesagt, ich mache die Politik nicht. Was aus den Deutschen generell wird, das werden die alliierten Regierungen nach dem Krieg entscheiden."

Magda schwieg einen langen Moment. Sie blickte die Kinder liebevoll an. Theresia war mittlerweile auf ihrem Stuhl eingeschlafen, während Herbert immer noch mit den Broten beschäftigt war. Was sollte aus den Kindern werden, wenn sie die Großeltern in Oppeln nicht antreffen würden. Magda wusste, dass es da noch eine Tante gab, eine Schwester Elisabeths. Irgendwo in Klosterbrück – oder besser – in Czarnowanz....

„Also gut Herr Schuster – oder soll ich sagen Herr Chusterkow – können sie mir einen Passierschein nach Opole ausstellen, nach Oppeln meine ich?"
„Aber natürlich! Sie sind Polin und können sich in ihrem Land frei bewegen. Und Oberschlesien wird sehr bald zu ihrem Land gehören. Der Passierschein dient nur zu ihrem Schutz, bis sie wieder einen richtigen Ausweis haben. Und denken sie daran Fräulein Poziemba – die beiden Kleinen dort, sind ab heute Abend Polen und ihre Heimat ist Górny Śląsk!"

Oberleutnant Cherisow hielt sein Versprechen – und zwar wörtlicher, als es Magda angenommen hatte.

Offenbar hatte er das Schicksal der Kinder zu seiner persönlichen Angelegenheit gemacht. Am Vormittag des nächsten Tages setzte er die drei Heimatlosen in einen Jeep und nahm auf dem Beifahrersitz Platz.

Der Fahrer hatte allerdings gewechselt. Nikolai, der auf die Straße getreten war und den erstaunten Blick der jungen Polin auffing lachte.

„Der Genosse Oberleutnant bringt euch persönlich nach Opole. Er ist der Meinung, dass wir etwas gutzumachen hätten an den Kindern. Der Fahrer ist ein Russe. Unser Genosse Oberleutnant traut seinem Dolmetscher nicht so recht über den Weg. Der hat im polnischen Widerstand gekämpft und hat gar nichts übrig für die Deutschen. Deshalb habt ihr heute einen anderen Fahrer. Übrigens – Oberleutnant Cherisow lässt nach dem Kommando forschen, das auf eurem Hof war. Die russische Militärverwaltung ist weitestgehend einer Meinung, dass es an der Zeit ist, einige Exempel zu statuieren. Hinter der Front, in den befreiten Gebieten, muss langsam Ordnung einkehren."

Der Mann, der aus zwei deutschen Kindern mit einem Federstrich zwei Polen gemacht hatte, winkte den Abfahrenden freundlich nach.

Auf der Straße, die der Fahrer benutzte, waren endlose Militärkolonnen unterwegs, die sich Richtung Oppeln bewegten. Vereinzelt sah man am Straßenrand mit Gepäck beladene Fußgänger, die von dem russischen Militär nicht behelligt wurden.

Magda staunte über die scheinbare Willkürlichkeit der Zerstörungen. Viele Gehöfte und Dörfer waren vollkommen verschont geblieben, andere wiesen mehr oder weniger große Zerstörungen auf. Aus manchen Ruinen stiegen immer noch Rauchwolken empor.

Ein Zeichen dafür, dass es sich hier wohl kaum um die Folgen der Kämpfe handeln konnte.

Die meisten Dörfer erschienen Magda menschenleer. Weder Tiere noch Menschen waren zu sehen.

Während der Fahrt schaute sich der Offizier die in kyrillisch ausgefertigten Papiere der Geschwister an. Lachend schlug er sich auf die Schenkel. Er drehte sich zu Herbert um und wuschelte in seinem blonden Haarschopf.

„Du Josef – nix Herbert! Josef – wie Väterchen Stalin! Ihr sein Polen jetzt – sein sehr gut. Sehr weise! Müssen halten Mund – nix reden bei Polen und Russen. Reden machen Magda!"

Er zog ein Blatt Papier aus der Tasche, das mit kyrillischer Handschrift beschrieben war.

„Wenn Russki irgendwo machen schwierig, dann zeigen das! Ich jetzt euer ... wie sagen auf deutsch? Patron? Nein...Pate!"

Der Russe fingerte wieder in einer seiner Jackentaschen herum. Endlich brachte er ein zerflettertes Foto zum Vorschein. Er hielt es den Dreien auf der Rückbank vor die Nasen.

„Ich haben Kinder – zuhause in Smolensk. Junge und Mädchen – ihr schauen!"

Oberleutnant Cherisow lachte nun schallend. „Junge heißen Josep, wie du! Wenn sein wieder zuhause, ich sagen Junge, du heißen Herbert jetzt – nix Josep!"

Er steckte das Foto wieder sorgfältig in seine Jackentasche. Dann wendete er sich wieder Herbert zu. An dem Jungen hatte er anscheinend einen Narren gefressen.

„Du kennen Josep Stalin? Nein? Ist großes Mann von Sowjetunion. Russen sagen: Väterchen! Genosse Stalin immer sagen: Deutschland sein Freund von Sowjetunion.

Deutschland sein beste Freund! Dann Deutsche kommen – machen bumbum. Nix Freundschaft...!"

Im Schutz der russischen Armee näherten sie sich nun Oppeln. Nie hätte sich Magda träumen lassen, dass sie einmal vor ihren eigenen Landsleuten beschützt werden müsste.

Magda kannte Oppeln zwar nicht, trotzdem erschrak sie über die fürchterlichen Zerstörungen der großen Metropole.

Es gab nur wenige Häuser an denen sie vorbei fuhren, die keine Schäden davon getragen hatten. Nur mühselig kamen sie voran, manche Straßen waren fast vollkommen vom Schutt versperrt.

Auch hier fiel Magda wieder auf, dass vielen Ruinen noch Rauch entstieg. Ja, sie erspähte sogar das eine oder andere brennende Haus.

Hier in Oppeln sah man bewaffnete Männer mit den charakteristischen rotweißen Armbinden in Scharen herumlaufen. Wieder bemerkte die Polin, dass nur wenige Zivilisten in den Straßen zu sehen waren.

Die junge Frau war erschüttert von den Ausmaßen der Zerstörungen. Um so erstaunter war sie, als der Jeep vor dem Rathaus zum Stehen kam: Das helle, dreistöckige Gebäude war vollkommen unversehrt. Die Bögen, die das Untergeschoss des Rathauses zur Straße hin öffneten, erinnerten Magda an ihre Heimatstadt Lemberg. Am meisten beeindruckte sie jedoch der filigrane Turm, der das Gebäude mindestens um das Doppelte überragte und der sie in seinem Baustil an italienische Städte erinnerte.

Der russische Offizier entstieg dem Fahrzeug und begab sich in das Rathaus hinein.

„Wisst ihr denn, wo eure Großeltern wohnen?" Magda sah die Kinder erwartungsvoll an. Theresia schüttelte den Kopf. „Am Bahnhof," sagte sie nur.

„Am Bahnhof Oppeln-Ost Magda. Von da aus sind wir im Sommer mit dem Opa zum Standbad nach Klosterbrück gefahren!" Herbert machte ein wichtiges Gesicht.

„Opa wollte nicht, dass wir Klosterbrück sagen. ‚Der Ort hieß schon immer Czarnowanz und das bleibt auch so,' hat er gesagt."

Nach geraumer Zeit kam Oberleutnant Cherisow wieder aus dem Gebäude heraus und gab dem Fahrer Anweisungen. Die Irrfahrt durch die gespenstisch erscheinende Stadt ging weiter.

Plötzlich streckte Herbert seine Hand nach vorn.

„Da, das ist es! Das ist Opas Haus."

Das von Herbert gewiesene Haus war, wie die Nachbarhäuser, vollkommen unbeschädigt. Die Fenster aller Häuser waren von innen verhängt, als würde man für die Nacht einen Bombenangriff erwarten.

Wieder stieg der Offizier aus und auf seinen Wink hin folgte ihm Magda.

Cherisow bediente die Klingeln, die an dem Haus angebracht waren. Dann hämmerte er mit der Faust gegen die Tür.

Nichts!

Schließlich zog er seine Armeepistole und schlug mit Brachialgewalt gegen einen der Fensterrahmen im Erdgeschoss. Nun endlich hörte man Stimmen im Haus und ein verängstigt drein schauender Mann stierte den russischen Offizier an.

Magda kannte die Simons von ihren Besuchen auf dem Hof. Dieser Mann in der Tür war ihr vollkommen unbekannt.

Auf polnisch sprach der Mann den Oberleutnant an.
Ohne zu fragen übernahm Magda das Reden.

„Wohnt hier eine Familie Simon? Wir suchen nach ihnen."

Der Mann schüttelte den Kopf. „Ich kenne keine Simons. Hier nicht und in der Nachbarschaft auch nicht. Sind das Polen oder Deutsche?"

„Die Familie Simon ist deutsch – und das hier soll ihr Haus sein!"

Wieder das Kopfschütteln. „Hier in den Häusern wohnen keine Deutschen mehr. Die Wohnungen sind verlassen worden, bevor die Russen kamen. Die polnischen Behörden, ich meine die Miliz, hat uns Polen die Wohnungen zugewiesen. Dieses Haus gehört nun uns. Unsere Wohnungen sind bei den Kämpfen um Opole zerstört worden."

Magda zog den Oberleutnant, der kein Wort verstanden hatte, am Ärmel und gemeinsam kletterten sie wieder in das Auto. Mit Händen und Füßen erklärte die junge Frau dem Russen die Situation. Der verzog seufzend das Gesicht.

„Wenn Opa und Oma hier weggegangen sind, dann sind sie bestimmt zu Tante Mechthild. Meine Großeltern würden uns nie verlassen!"

Herbert sah Cherisow flehend an. Tränen liefen ihm über die Wangen.

„Tante Mechthild?" Der Russe blickte fragend.

„Ja, Tante Mechthild in Czarnowanz! In der Carlsruher Straße."

Der Russe schaute die Kinder lange an und wiegte den Kopf hin und her. Dann blickte er auf seine Taschenuhr. Er war sich vollkommen bewusst, welches persönliche Risiko er einging. Die Fahrt nach Oppeln war als Dienstfahrt getarnt, aber noch weiter...

Er warf noch einen Blick auf die Kinder, dann hatte er sich entschieden. Ein knapper Befehl und der Fahrer startete den Jeep.

Schon von weitem sah man den Kirchturm und die Silhouette des Klosters.
Czarnowanz schien ohne Schaden davon gekommen zu sein. Es schien nur so...
In der Schulstraße begegnete man einer russischen Patrouille. Nach einem kurzen Wortwechsel fuhren sie weiter und fanden die Carlsruher Straße. Herbert deutete erneut auf ein Haus mit einem großen Garten.
„Da wohnt Tante Mechthild!"

Wieder stiegen der Offizier und Magda aus dem Auto und klopften an die Tür. Wieder blieb im Haus alles still. Auch hier nahm der Russe seinen Pistolengriff zur Hilfe.
Plötzlich hörten sie hinter einem der Fenster einen lauten Schrei. „Magda!"
Nach kurzer Zeit wurde die Haustür aufgerissen.
„Magda! Mein Gott wo sind Elisabeth und die Kinder?"

Großvater Simon stand in der Tür. Als er auf die Pistole in der Hand des Russen blickte, hob er beide Arme über den Kopf.
Cherisow lachte. „Nix Angst – alles gut!" Er steckte die Pistole wieder in den Gürtel und drehte sich zum Auto. Von dort liefen bereits Herbert und Theresia heran.
„Opa, Opa!"
Dem Großvater liefen die Tränen über die Wangen und er breitete die Arme aus. Frau Simon hatte es im Haus nicht mehr gehalten. Nun nahm auch sie die Kinder in die Arme.
Der russische Offizier betrachtete die Szene schmunzelnd.

Frau Simon hatte sich aufgerichtet.

„Mein Gott Magda, wie sollen wir dir danken..."

Sie nahm die junge Polin in die Arme und drückte sie heftig an sich.

Weinend trat sie auf den Oberleutnant zu und reichte ihm die Hand.

„Danke mein Herr, vielen Dank!"

Der Russe schien sehr berührt zu sein. Er schwieg einen Augenblick.

„Nix danke! Danke an Polin hier!" Er deutete auf Magda.

Er trat noch einmal an Herbert und Theresia heran und strich ihnen über die Haare.

„Ihr müssen viel aufpassen! Kinder viel lieb und viel tapfer." Cherisow rückte seine Schildmütze gerade und wendete sich zum Gehen.

„Ihr nix vergessen," rief er schon fast am Wagen

„ Kinder sind polnisch und Junge heißen Josef!"

Er winkte den fassungslosen Simons zu und stieg in das Fahrzeug.

Auch der Fahrer winkte über sein Lenkrad hinweg. Dann verschwanden die beiden Rotarmisten!

Entdeckungsreise

Oppeln hatte sich wirklich verändert.

Natürlich – Straßen und Plätze, auch viele Gebäude waren noch so, wie sie Theresia in Erinnerung hatte. Aber diese Tristesse, dass Grau in Grau wie sie es kannte, war gewichen.

Die Marktwirtschaft hatte Einzug gehalten in Polen – und in Oppeln. Fünfzehn Jahre Marktwirtschaft hatten das Gesicht der Stadt, wenigstens der Innenstadt vollkommen verändert.

Bunte Fassaden, schillernde Geschäfte, protzige Werbebanner, das geschäftige Treiben einer pulsierenden Großstadt. Aus dem zerstörten deutschen Oppeln hatte man ein wunderschönes, liebenswertes, polnisches Opole gemacht.

Theresia bestaunte die liebevoll restaurierten, historischen Gebäude der Altstadt, den im florentinischen Renaissancestil erbauten Rathausturm.

Besonders war ihr aber an einem Gang in die Kreuzkirche gelegen.

Sie betrat den Hof der Kirche wie vor fünfzig Jahren durch das Rundtor, über dem sich die imposante Kreuzigungsgruppe erhob. Mit einem merkwürdigen Gefühl, gemischt aus Neugierde, froher Erwartung und banger Beklemmung, trat sie in die gotische, dreischiffige Hallenkirche ein.

Seit 1972 Papst Johannes Paul II. die oberschlesische Diözese geschaffen hatte, ist die Kreuzkirche die Kathedralkirche eines Bischofs.

Theresia setzte sich in eine der Kirchenbänke und atmete tief durch. Der Geruch war unverkennbar. So hatte es bereits während ihrer Kindheit hier gerochen.

Hier in dieser Kirche war sie zur Ersten heiligen Kommunion gegangen – hier hatte sie zum erstenmal gebeichtet – und zwar in deutsch!
Hier, im Beichtstuhl, durfte deutsch gesprochen werden. Gottesdienste in deutsch waren nicht gestattet, aber wofür auch? Die Liturgiefeier wurde in lateinisch gehalten und das einigte alle Katholiken – ob polnisch oder deutsch.
Die Predigten interessierten sie sowieso nicht. Aber die Beichte, die durfte in deutsch vorgenommen werden. Und die Priester beherrschten merkwürdigerweise alle deutsch!

Theresia schüttelte ihren Kopf und dachte daran, dass man zuhause lange Jahre wasserpolnisch gesprochen hatte, um den Kindern das Erlernen der polnischen Hochsprache zu erleichtern. Sie beugte sich zu ihrem Enkel, der sich neben sie gesetzt hatte.
„Hier war mein Bruder lange Jahre Messdiener. Dort am Altar hat er seinen Dienst verrichtet, so wie du. Damals war das allerdings noch ein bisschen anders als heute. Da hatten die Ministranten noch allerhand zu tun."
„Oma, hat Onkel Herbert bei dem Bischof ministriert?"
Theresia lächelte. „Nein Martin, damals gab es hier keinen Bischof. Der kam aus einer anderen Stadt – zur Firmung und so."

Leise erhob sich die Oma. „Komm Martin – jetzt gehen wir zu Mac Donalds!"

Auch die Fastfood–Tempel hatten Oberschlesien erobert. Natürlich – sie gehörten unabänderlich zur glänzenden Fassade der neuen Welt, die in ganz Polen Einzug gehalten hatte. Jene Welt, die ihre Fassaden vergoldet – die Hinterhöfe aber verkommen lässt.

Theresia betrachtete nachdenklich ihren Enkel, der herzhaft in seinen Hamburger biss und den Colabecher umklammerte, als wäre es der Kral.
‚Das ist doch billig', hatte sie in den letzten Tagen im Kreis ihrer Familie immer wieder gehört.
Sie hatte als Jugendliche die Relation der Begriffe ‚billig' und ‚teuer' frühzeitig lernen und begreifen müssen – eine der ersten Lehren, die ihr in der Bundesrepublik erteilt wurde: Was Jugendlichen aus ihrer neuen Nachbarschaft als billig erschien, war für sie selbst lange Zeit unerreichbar und unendlich teuer.
‚Das ist doch billig' – unwillkürlich dachte sie an die Scharen der Obdachlosen und Penner, die durch die deutschen Großstädte zogen und an die vielen Millionen Hartz-IV- Empfänger.
Erinnerungen an die Ankunft in der Bundesrepublik stiegen in Theresia hoch. Damals, im Lager, hatte man ihnen ein dünnes Buch in die Hand gedrückt: Das Grundgesetz!
Ihr Bruder Herbert und sie hatten den Inhalt förmlich verschlungen.
‚Im Bewusstsein ihrer Verantwortung vor Gott und den Menschen...'
Im offiziellen, sozialistischen Polen spielte Gott keine Rolle mehr – und dann das!
‚Die Würde des Menschen ist unantastbar...'
‚Eigentum verpflichtet!'
Herbert und sie hatten damals geglaubt, in einem Traumland angekommen zu sein. Schon nach wenigen Monaten hatte sich diese Euphorie gelegt.

Wie hatte doch ihr Großvater die Schwärmereien der Jungendlichen kommentiert?

‚Papier ist geduldig! Alles ist eine Sache der Auslegung. Das gilt für die zehn Gebote und erst recht für Gesetze aus Menschenhirnen.

Denkt nur einmal an das fünfte Gebot – Du sollst nicht töten! Ist dieses göttliche Gebot nicht eindeutig? Trotzdem machen findige Menschen ein *aber* dahinter. Trotz dieser Eindeutigkeit töten Staaten, tötet die Justiz und das oft genug mit kirchlichem Segen.

Gott hätte Moses noch ein elftes Gebot geben sollen: Das Wort *aber* ist verboten!

So aber hat er den Menschen Raum für Interpretationen gelassen. Seht ihr Kinder, dies gilt auch für Artikel und Gesetze. Hinter jedem geschriebenen Satz steht ein ungeschriebenes *aber*!'

Theresia blickte durch die raumhohen Glasscheiben hinaus auf die Straße.

Passanten eilten, mit Einkaufstüten in der Hand von einem Geschäft zum anderen. Polen hatte sich eingereiht in den Reigen um das Goldene Kalb. Der Ellbogen war auch in Polen zum elementarsten Körperteil avanciert!

Würde auch im katholischen Polen, im katholischen Oberschlesien der Glaube auf der Strecke bleiben? Würden in vielleicht zwanzig Jahren, wie heute schon in Deutschland, Jugendliche die erschreckende Frage stellen – Was ist eigentlich Ostern?

Lothar zählte soeben die großen Persönlichkeiten auf, die Schlesien hervorgebracht hatte.

Mit der heiligen Hedwig hatte er begonnen.

„Gerhart Hauptmann war Schlesier," er sog an seinem Strohhalm „...und..."

„Miroslav Klose," warf eine junger Mann vom Nachbartisch lachend ein.

Die Blicke der Familie wanderten erstaunt zum Tisch nebenan.

„Den dürfen sie nicht vergessen," grinste der junge Mann und redete in fließendem Deutsch mit leichtem polnischen Akzent weiter. „Der kommt sogar hier aus Opole! So ganz heimlich sind wir ja stolz darauf."

„Wer ist denn Miroslav Klose?" Theresia war diesem Namen in der Geschichte Oppelns noch nie begegnet.

„Na also, Mutter!" Lothar blickte ausgesprochen vorwurfsvoll. „Den kennst du nicht? Ein Fußballstar aus der Bundesliga – spielt in der Nationalmannschaft!"

Selbst Martin schüttelte entsetzt den Kopf. „Also wirklich Oma – du solltest vielleicht besser im Wohnzimmer bleiben, wenn Opa die Sportschau guckt!"

„Entschuldigen sie bitte, dass ich sie angesprochen habe," lachte der junge Mann, „aber ich nutze jede Gelegenheit um deutsch reden zu können. Ich bin Student und quäle mich neben Deutsch auch noch mit Englisch, Französisch und Spanisch. Den Schwerpunkt lege ich allerdings auf Deutsch."

„Sind sie hier aus Opole?" Lothar stellte seinen Cola-Becher auf den kleinen viereckigen Tisch und wendete sich dem Tischnachbar zu.

„Nicht direkt. Ich komme aus Prudnik. Den ehemaligen deutschen Bewohnern wohl besser als Neustadt bekannt. Aber meine Großeltern kommen hier aus Opole. Unter der Woche wohne ich hier bei ihnen.

Ach Entschuldigung, ich bin mal wieder unhöflich. Mein Name ist Tomas Luvidcek."

„Schön sie kennen zu lernen, Herr Luvidcek. Ich heiße Langbein, Lothar Langbein. Wie sie hören ein typisch deutscher Name. Alle hier am Tisch heißen übrigens Langbein."

„Sind sie zu Besuch hier in Opole? Entschuldigen sie bitte meine Neugierde!"

„Aber ich bitte sie – da gibt es doch nichts zu entschuldigen. Nicht direkt auf Besuch, wir sind sogenannte Heimwehtouristen. Meine Mutter wollte gern ihre ehemalige Heimat einmal wiedersehen."

„Ah, sie stammen aus Oppeln?" Der junge Pole wendete sich nun direkt an Theresia.

„Sind sie gleich nach dem Krieg nach Deutschland gegangen?"

Irgendwie fühlte sich Theresia durch die Art der Fragestellung peinlich berührt.

„Nein junger Mann, wir sind wie viele andere Deutsche in der Heimat geblieben. Meine Familie ist erst elf Jahre nach dem Krieg umgesiedelt."

Dem Student entging der spitze Ton nicht. Etwas überrascht blickte er die Frau aus Offenbach an.

„Wissen sie Frau Langbein, ich bin bereits in einem freien Polen groß geworden – mit Ausnahme meiner Kinderjahre, die habe ich noch unter den Kommunisten verbracht.

Noch bis vor wenigen Jahren war das Thema der deutschen Aussiedlung, oder sagen wir mal besser der Vertreibung, in Polen ein Tabuthema.

Die meisten jungen Polen gehen mit diesem Thema endlich etwas lockerer um. Uns ist schon bewusst, dass den deutschen Bewohnern in den ehemals deutschen Gebieten Polens bitteres Unrecht widerfahren ist.

Wir meinen aber auch, dass man sechzig Jahre nach Ende dieses fürchterlichen Krieges endlich aufhören sollte, sich gegenseitig Schuldzuweisungen zu machen. Das gilt, meine ich, für Polen und für Deutsche."

„Da haben sie vollkommen recht Herr Luvidcek," entgegnete Lothar. „So denken ja nun Gott sei Dank auch die meisten Deutschen. Trotzdem gibt es in unserem Land immer noch die ewig gestrigen, die von den *deutschen Gebieten im Osten* reden."

Der Student hatte sein Tablett mit den Resten des Fast-Food-Mahles zur Seite geschoben und war mit seinem Stuhl näher an Langbeins Tisch heran gerutscht.
„Ach bitte Herr Langbein, nennen sie mich doch Tomas, dass ist doch einfacher für sie.
Diese Menschen gibt es bei uns in Polen natürlich auch – und es sind nicht wenige. Deutschland wird bei vielen immer noch gleichgesetzt mit Krieg, Terror und Verfolgung. Es sollte endgültig Schluss damit sein meine ich. Das heißt ja nicht, dass man das Unrecht, das man sich gegenseitig angetan hat, vergessen muss. Im Gegenteil – dies sollte als ewige Mahnung in allen Völkern Europas erhalten bleiben. Aber diese dummen Ressentiments sollte man endgültig aus den Hirnen streichen. Sowohl in Deutschland als auch in Polen wächst mittlerweile eine dritte Generation heran, die die gegenseitigen Gräuel nicht zu verantworten hat. Übrigens sind viele junge intellektuelle Polen heute der Meinung, dass sich Polen mit der damaligen Ausweisung der deutschen Bevölkerung einen Bärendienst geleistet hat. Wahrscheinlich wäre unser Land heute wirtschaftlich wesentlich weiter..."

Lothar streckte sich und wiegte den Kopf hin und her.
„Nein Tomas! Ich glaube, die Siegermächte haben damals richtig entschieden. Was wäre wohl nach dem Krieg in Polen und auch in der Tschechoslowakei passiert, wenn die Deutschen alle dageblieben wären. In Polen wären das ja gut sieben Millionen gewesen.

Ein ständiger Unruheherd – ständige Auseinander -
setzungen, Autonomiebestrebungen und so weiter wären
die Folge gewesen. Die Entscheidung der Alliierten war
vollkommen richtig. Über die Vorgehensweise kann
man sich natürlich streiten. Heute, nach sechzig Jahren,
wo die Nationalität des Einzelnen immer mehr in den
Hintergrund rückt, kann man sich natürlich ein
friedliches Nebeneinander vorstellen. Aber damals..."

„Undenkbar," mischte sich Theresia ein. „Wir durften ja
selbst zuhause nicht deutsch reden. Großvater hat immer
die Fenster geschlossen, wenn zuhause deutsch
gesprochen wurde.
Was meinen Sie Tomas, was wir als deutsche Kinder in
der Schule mitgemacht haben, wenn Mitschüler
erfuhren, dass wir deutsch waren!"

„Ich weiß Frau Langbein, ich weiß. Meine Großeltern
kamen ursprünglich aus Ostpolen. Die sind hier in
Opole angesiedelt worden. Gefragt worden sind sie
damals nicht. Aber besonders meine Großmutter hat mir
von den Spannungen zwischen Deutschen und Polen,
die damals herrschten, oft erzählt."

„Spannungen ist gut," gab Theresia zurück. „Wir sind
behandelt worden wie unerwünschte Fremde – und das
in unserem eigenen Land."
Tomas grinste. „Säße ihnen jetzt ein älterer Pole
gegenüber, würde er ihnen entgegnen: Und ihr habt uns
behandelt wie Sklaven – in unserem eigenen Land!
Ich aber sage ihnen, dass sie recht haben. Es ist damals
von polnischer Seite unrecht gehandelt worden. Aber es
waren nicht nur Rachegedanken, die damals gepflegt
wurden. Bedenken sie bitte auch, dass nach dem Krieg
der Stalinismus in Polen Einzug gehalten hat. Davon ist
Westdeutschland ja Gott sei Dank verschont geblieben."

Der junge Student zog sich seine Strickjacke aus und hängte sie über die Stuhllehne. Es machte ihm sichtlich Spaß, dass er sein fast akzentfreies Deutsch anwenden konnte. Nur die harten Kehllaute ließen erkennen, dass hier ein Pole sprach.

„Ihr Land – unser Land. Beide Nationen haben ständig und immer wieder die Geschichte bemüht, wenn es um die Ansprüche auf die Gebiete östlich der Oder ging. Die Deutschen argumentierten – dieses Land ist seit Jahrhunderten preußisch und damit deutsch.
Die Polen kontern – das Land ist slawisches Siedlungsgebiet gewesen. Schon immer! Preußen hat es uns gewaltsam entrissen.
Was antworten die Deutschen darauf? – Eure Piastenherzöge haben tausende von deutschen Kolonisten in dieses Land geholt. Die Deutschen haben es urbar gemacht, haben Städte gegründet und Dome gebaut. Und sie sind nur gekommen, weil ihnen deutsches Recht garantiert wurde.
Die Antwort der Polen darauf: Die deutschen Kolonisten haben sich als Eroberer über die ansässige slawische Bevölkerung geschoben.
Prompt rufen die Deutschen zurück: Die Slawen haben das Land den germanischen Stämmen geraubt. Denn nicht alle Germanen haben während der Völkerwanderung das Land jenseits der Oder verlassen. Reste der germanischen Stämme sind damals zurück geblieben.
Sehen sie Frau Langbein, was soll man nun dazu sagen? Wer hat recht? Wer hat die älteren Ansprüche?"

Tomas blickte in die Runde und wartete die Antwort nicht ab.
„Ich sage, keiner hat recht. Die Germanen damals waren keine Deutsche und die einwandernden Slawen waren

keine Polen – auch wenn Opole nach einem dieser Stämme benannt ist.

Selbst die Piastenherzöge haben sich zur damaligen Zeit nicht als Polen bezeichnet und auch nicht so gefühlt. Tatsächlich haben sie deutsche Kolonisten ins Land gerufen, denn Schlesien war damals sehr dünn besiedelt. Auch diese Neuankömmlinge haben sich nicht als Deutsche gefühlt – das vergessen die Schlaumeier immer, wenn sie die Geschichte bemühen. Die Kolonisten haben sich bestenfalls als Flamen, Sachsen oder Thüringer bezeichnet. Was sie allerdings mitbrachten war handwerkliche und ackerbauliche Technik – und nicht zu vergessen, den Städtebau. Tatsache ist, dass die Städte Schlesiens nach deutschem Stadtrecht, genauer gesagt nach Magdeburger Stadtrecht entstanden sind.

Aber ein nationaler Gedanke war damals vollkommen unbekannt. Man hat horizontal gedacht und nicht vertikal. Das heißt, man fühlte sich als Bauer, Händler oder Geistlicher und nicht als Pole oder Deutscher. Nur deshalb war es überhaupt möglich, dass Grenzen quer durch ethnisch zusammengehörige Bevölkerungsgruppen gezogen werden konnten.

Man empfand diese Grenzen wohl eher als wirtschaftliches Hemmnis, aber nicht als politische oder gar nationale Grenzen."

Die Langbeins hatten geduldig dem Vortrag des jungen Mannes gelauscht.

„Sagen sie Tomas, woher wissen sie das alles?" Lothar war ehrlich erstaunt.

„Nun, ich interessiere mich sehr für Geschichte. Ich verschlinge Geschichtsbücher förmlich. Das hilft mir übrigens auch bei meinen Sprachstudien. Deutsche und englische Geschichtsbücher gehören sozusagen zu meiner Grundausstattung. Der universelle Gedanke des

Heiligen Römischen Reiches Deutscher Nation hat mich schon immer fasziniert. Eigentlich ein Vorgriff auf unsere heutige Europäische Union.

Viele Polen und Balten hören es zwar nicht gern, aber für mich haben die Kolonisten, die vor Jahrhunderten nach Osteuropa kamen, den gleichen Stellenwert wie die Römer in Westeuropa. Beide haben in den kolonisierten Gebieten einen Kulturschub gebracht. Polen und die baltischen Staaten wären ohne diesen Zufluss aus dem Westen heute genauso undenkbar wie Frankreich oder Deutschland ohne die Römer."

Tomas kicherte vor sich hin.

„Trotzdem käme doch heute kein Mensch auf den Gedanken zu sagen, Köln oder Paris sind eigentlich italienisch."

Die kleine Gruppe in dem glitzernden Fast-Food-Tempel schwieg vor sich hin. Lothar brach endlich das Schweigen.

„Sagen sie Tomas, hätten sie vielleicht etwas Zeit für uns? Ich meine... also die Örtlichkeiten sind meiner Mutter ja noch halbwegs bekannt, aber so richtig finden wir uns nun doch nicht zurecht. Würde es ihnen etwas ausmachen, uns Opole zu zeigen? So als Fremdenführer sozusagen?"

Der junge Student blickte die deutsche Familie hocherfreut an. Es schien fast so, als hätte er auf diese Frage gewartet.

„Aber natürlich – liebend gern. Im Moment sind auch bei uns Ferien, meine Freizeit kann ich ihnen gern zu Verfügung stellen. Und wenn sie wollen zeige ich ihnen nicht nur Opole, sondern noch viel mehr von Górny Śląsk oder wie sie sagen – Oberschlesien."

70

Tomas führte die kleine deutsche Touristengruppe kreuz und quer durch die Stadt der Piastenherzöge. Keine Sehenswürdigkeit, keine Kirche und kein Denkmal wurde dabei ausgelassen. Die Geschichte der Stadt war dem jungen Polen bestens bekannt. Während seiner Erläuterungen flossen auch immer wieder die unglückseligen Nachkriegsjahre mit ein. Der polnische Student ging zum Erstaunen der deutschen Gäste völlig unbefangen mit diesem Thema um.

„Man hat in den Jahren der „Entdeutschung" fast zwanghaft versucht, alle deutschen Bezeichnungen und Schriftzeichen zu entfernen. Selbst auf den Friedhöfen wurden die deutschen Namen entfernt. Aber wie sie sehen, ist es nicht immer vollständig gelungen."
Tomas deutete lachend auf ein Haus, unter dessen gelben Putz unschwer der Schriftzug ‚Fleischerei' zu erkennen war.

„Sagen sie Tomas, gibt es noch viele Deutsche in Opole?" Lothar fingerte ungeduldig an seiner Digitalkamera herum.
Tomas drohte grinsend mit dem Zeigefinger. „Deutsche, Herr Langbein?" Er rieb sich mit der Rechten seinen Nacken.
„Sehen sie, so ändern sich die Zeiten: Vor dreißig Jahren hätte man ihnen entgegnet – hier gibt es keine Deutschen mehr. Vor fünfzehn Jahren hätte man ihnen etwas schamhaft von deutschstämmigen Polen erzählt. Heute aber sagen wir – hier gibt es eine starke deutsche Minderheit!"
Der Student trat näher an Theresia heran. „Ich weiß nicht, ob sie das wissen, aber in Oberschlesien oder besser gesagt in den Woiwodschaften Kattowitz und Opole war der Anteil der ausgewiesenen Deutschen wesentlich geringer als in Ostpreußen oder Pommern.

Die Differenzierung zwischen Deutschen und Polen war hier wesentlich schwieriger als in den anderen Gebieten. In Niederschlesien sind kaum Deutsche verblieben, in Oberschlesien hingegen sehr viele."

Tomas kicherte. „Die Schlonsaken waren halt schon immer ein eigenes Völkchen! Ein großer Teil der Deutschen hier war ‚autochthon', wie man es so schön bezeichnet: Sie sprachen halbwegs polnisch und waren auch bereit, einen polnischen Pass anzunehmen. Die polnischen Behörden hatten nur ein geringes Interesse, die anpassungswilligen Deutschen auszuweisen. Außerdem..."

Tomas zwinkerte den Deutschen zu.

„...Außerdem war die Bevölkerung Polens während des Krieges um fast ein Drittel gesunken. Die Schlonsaken, besonders die Fachleute, wurden in Polen gebraucht."

Tomas machte eine Pause und dachte nach.

„Wissen sie, eine der Begründungen ist vielleicht auch in der Geschichte zu suchen. Schon im Mittelalter haben Nieder – und Oberschlesien eine differenzierte Entwicklung genommen. Als der Zuzug der Siedler aus dem Westen begann, war Oberschlesien ein riesiges Wald – und Sumpfgebiet. Niederschlesien war viel leichter zu kolonisieren. Die Masse der deutschen Siedler blieb also in Niederschlesien.

Dort setzte sich die deutsche Sprache vollkommen durch. In Oberschlesien war der Anteil der deutschsprachigen Siedler an der Bevölkerung nie größer als der slawische Anteil.

Man vermischte sich und auch die Sprache vermischte sich zu einem Gemenge aus polnisch und deutsch, dass wasserpolnische, wie man es nennt.

Das Deutsche setzte sich erst viel später, in preußischer Zeit durch. Die meisten Oberschlesier lebten

zweisprachig – und das war der große Vorteil für die deutsche Bevölkerung nach dem Krieg.
Während die Deutschen in Niederschlesien so gut wie vollständig ausgewiesen wurden, blieb in Oberschlesien jeder zweite in seiner Heimat."

Die Suche nach den Stätten ihrer Jugend wurde für Theresia eine Enttäuschung. Das Haus ihres Großvaters und mit diesem die ganze Häuserzeile war einem hässlichen, sozialistischen Plattenbau gewichen. Auf dem Gelände ihrer ehemaligen Schule befand sich inzwischen ein Einkaufsmarkt einer deutschen Lebensmittelkette.
„Seht ihr, die Deutschen sind wieder da! Die Runenzeichen allerdings..."
Tomas deutete auf die an die Seitenwand gesprayten Hakenkreuze, „... stammen von unverbesserlichen und dummen Polen. Aber die rechte Szene bei euch in Deutschland ist ja genauso dumm!"

Endlich entdeckte Theresia das Gebäude, in dem die Simons die letzten Jahre in Opole verbracht hatten. Allerdings hatte hier ein japanisches Autohaus Einzug gehalten. Heimatliche Gefühle wollten sich bei Theresia auch hier nicht einstellen.
„Die sozialistischen Straßennamen sind ja anscheinend alle verschwunden Tomas. Ich hätte heute eine ganz andere Adresse!"
„Nicht überall Frau Langbein. Die Deutschen sind in dieser Beziehung wesentlich gründlicher als wir Polen," lachte der junge Student.
„Ich bin als Kind öfters mit meinen Eltern nach Karl-Marx-Stadt gefahren. Die Stadt habt ihr schleunigst wieder umgetauft. Dabei war Karl Marx doch ein großer Deutscher..."

„Heute Abend Martin, wirst du wohl auf Pommes Frites oder Hamburger verzichten müssen. Dafür gibst aber Kartoffelnudeln – oder wenn du das eher magst, Kartoffelbrei!"

Tomas führte die Langbeins an diesem Abend in ein eher unscheinbares kleines Lokal in einer Nebenstraße der Opoler Altstadt. Die Frage nach einem Restaurant mit typisch schlesischer Küche hatte der Pole mit einem Kopfnicken beantwortet.

„Natürlich haben wie so was in Opole. Die Küche ist hervorragend, die Speisekarten in deutsch und in polnisch – und für die Touristen gibt's natürlich auch deutsches Bier vom Fass. Aber, Herr Langbein, glauben sie mir – das polnische ist ebenso gut!"

Theresia las die Speisekarte mehrmals hoch und runter. Kaum ein Gericht, zu dem sie keinen Kommentar abgeben konnte.

„Ach, wenn das meine Großmutter noch sehen könnte. Sie hat auch im Westen noch schlesisch gekocht. Leider habe ich mir nur wenig bei ihr abgeguckt. Aber was sich hinter den Namen verbirgt, weiß ich noch...!"

„Leben ihre Eltern noch Frau Langbein oder sind sie bereits verstorben?" Tomas war schon vor einiger Zeit aufgefallen, dass Theresia oft von den Großeltern, nie aber von den Eltern sprach.

Die Angesprochene klappte die Speisekarte zu und nahm ihre Brille ab.

„Ich habe meine Eltern kaum gekannt Tomas. Als mein Vater zur Wehrmacht eingezogen wurde, war ich gerade mal drei Jahre. Er ist in Russland gefallen.

Meine Mutter ist bei einem Überfall der Russen auf unseren Hof ums Leben gekommen. Damals war ich knapp fünf. Ich erinnere mich nur undeutlich an sie. Aufgewachsen bin ich bei meinen Großeltern. Mit ihnen bin ich vor fünfzig Jahre nach Westdeutschland umgesiedelt."

Tomas blickte die Offenbacherin interessiert an.

„War ihr Hof hier in der Nähe von Opole?"

„Nein. Ich komme vom Annaberg. Unser Gehöft lag in der Nähe von Leschnitz."

Der Student saß plötzlich völlig aufrecht auf seinem Stuhl.

„Sagen sie, waren sie später nochmal in Leschnitz Frau Langbein?"

Tomas Gesichtszüge hatten einen gespannten Ausdruck angenommen. Die Finger seiner rechten Hand trommelten auf die Tischdecke.

„Nein. Meine Großeltern wollten das nicht. Auf dem Annaberg waren wie noch einige Male, aber den Hof haben wir nie mehr aufgesucht. Ich wüsste heute auch gar nicht so genau, wo ich ihn suchen sollte."

Tomas hatte sich inzwischen auf seinem Stuhl zurück gelehnt und hielt die Augen geschlossen. Lange Zeit sagte er gar nichts. Dann beugte er sich über den Tisch und fragte beinahe flüsternd: „Würden sie Ansprüche auf ihre ehemaligen Besitzungen geltend machen, wenn das möglich wäre oder möglich würde?"

Theresia lachte hell auf und machte eine wegwerfende Handbewegung. „Ich? Um Gottes Willen! Das Thema ist endgültig erledigt für mich. Außerdem mussten wir vor unserer Ausreise eine Verzichtserklärung über das Eigentum abgeben, das wir in Polen zurück lassen mussten."

Der junge Pole atmete tief durch. „Kennen sie eine Magda Poziemba Frau Langbein?"

Theresia Langbein starrte den Frager erstaunt an. „Unsere Magda? Aber natürlich! Ohne Magda wären mein Bruder und ich jämmerlich umgekommen. Warum fragen sie?"

Tomas schlug sich mit der flachen Hand vor die Stirn. „Das gibt es nicht! Das ist doch einfach unmöglich! Dann sind sie die kleine ... Theresia Schwoijka?"

„Na, die war ich mal. So klein bin ich ja wohl nicht mehr. Aber woher kennen sie meinen Mädchennamen? Von Magda? Wo ist sie ... Wie geht es ihr?"
Theresias Stimme überschlug sich vor Aufregung. „Wo ist Magda? Lebt sie noch? Ich muss sie sehen!"

„Bitte Frau Langbein, beruhigen sie sich. Als ich Magda Ludvidcek das letzte Mal sah, war sie noch sehr munter und fidel. Sie ist meine Großmutter und lebt in Prudnik!"

Theresias Hände zitterten als sie nach ihrem Glas griff. „Heilige Mutter Anna! Das ist doch nicht möglich – das ist.... das ist ja einfach unfassbar. Als sie damals meinen Großvater abgeholt haben und ihn ins Lager Lambsdorf brachten – da haben sie unsere Magda auch verhaftet! Weil sie mit den Deutschen kollaboriert hat, hieß es. Nur weil sie Opa geholfen hatte, sein Haus zurück zu kriegen. Seit diesem Tag haben wir nie mehr was von Magda gehört. Wir dachten, sie sei tot!"

Christa fischte ein Papiertaschentuch aus der Handtasche und reichte es ihrer Schwiegermutter.
Tomas Ludvidcek ergriff über den Tisch hinweg die bebenden Hände der Frau.
„Meine Großmutter wurde damals in Prudnik inhaftiert und fast zwei Jahre festgehalten. Anschließend musste sie eine Erklärung unterschreiben, keinen Kontakt mehr zu ihnen aufzunehmen. Aus Rücksicht auf ihre Familie hat sie eine Kontaktaufnahme unterlassen, auch wenn es

ihr schwer fiel. Ihren Hof Frau Langbein, hat sie allerdings stets im Auge behalten. Er wurde damals in eine Kolchose überführt. Nach Ende der Stalinzeit wurde die Kollektivierung wieder aufgehoben und Großmutter bewarb sich um das Gehöft. Sie hat nach ihnen gesucht, aber die Simons waren in Opole und Umgebung nicht mehr zu finden. Die Schwester meiner Großmutter und ihr Mann haben den Hof übernommen und ihn bis zu ihrem Tod bewirtschaftet. Heute führt ihn der Sohn und seine Familie. Ich habe meine Ferien oft dort verbracht. Er heißt in unserer Familie übrigens immer noch ‚der Schwoijkasche Hof‘.“

Theresia liefen die Tränen über die Wangen. „Mein Gott, wenn das Herbert noch erleben könnte,“ schluchzte sie hemmungslos. Sie drückte die Hände des jungen Mannes.
„Dann ist unser Hof Gott sei Dank in gute Hände geraten. Da hat der Himmel mitgeholfen!“
Entschlossen blickte sie sich in der Runde um. „Kinder, ich muss auf den Annaberg! Die Gottesmutter hat sich einige Kerzen verdient. Und dann muss ich zu Magda – ohne sie säßen wir alle heute nicht hier!“

Czarnowanz

Das Haus in der Carlsruher Straße bewohnten Mechthild und Franz Matjewski schon seit mehr als fünfzehn Jahren. Franz Eltern hatten das Anwesen nach der schlesischen Teilung 1921 einer polnischen Familie abgekauft, die nach Kattowitz umgesiedelt war.

Nach einer Fehlgeburt im Jahr der Machtübernahme Hitlers war die Ehe der beiden Matjewskis kinderlos geblieben. Umso mehr freuten sie sich über die mehr oder weniger regelmäßigen Besuche der Nichten und des Neffen vom Annaberg.

Für die drei Kinder war es zu einer Selbstverständlichkeit geworden, während ihrer Besuche in Oppeln mit den Großeltern nach Klosterbrück zu fahren um Onkel und Tante aufzusuchen. An den Wochenenden wurde dies stets mit einem Besuch des Freibades an der Malapane verbunden.

Meist endeten die Sonntagnachmittage in der 'Arrende' bei Kaffee und Kuchen.

Franz Matjewski war in einem großen Zementwerk beschäftigt. Dort hatte er seine Lehre absolviert und sich im Laufe der Jahre bis zum Werksleiter herauf gedient. Seit 1933 war es mit dem Unternehmen stetig bergauf gegangen. Der Bau der Reichsautobahnen und der allgemeine Bauboom im Reich hatten über mehr als ein Jahrzehnt hinweg für pralle Auftragsbücher gesorgt. 'Die Reichskanzlei und das Olympiastadion stehen auf unserem Zement', pflegte Franz Matjewski stolz zu sagen.

Selbst die langen Kriegsjahre waren ein Segen für das Werk. Denn Bunker verschlingen Unmengen an Zement! So ging es für Franz zügig und unaufhörlich nach oben.

Nur 1938, als er die Position des verstorbenen Werksleiters übernehmen sollte, geriet er in leichte Schwierigkeiten. Zum erstenmal wurde er nach einem Parteibuch gefragt. Als leitender Mitarbeiter in einem ‚völkisch wichtigen Industriezweig' legte man ihm nahe, in die NSDAP einzutreten.

Matjewski mochte weder die Nazis noch jenen Adolf Hitler in Berlin. Aber durfte man seine Karriere so leichtfertig aufs Spiel setzten? Nach einer langen, schlaflosen Nacht und auf Mechthilds anraten, trat er schließlich in die Partei ein.

Dabei sollte es allerdings nicht bleiben. Die Besetzung Polens durch die deutsche Wehrmacht führte nicht nur zu einer pompösen Siegesfeier des Unternehmens in Breslau, sondern auch zu einem verstärkten Drängen des Vorstandes auf ihn, in die SS einzutreten.

„Schließlich mein lieber Matjewski werden wir eine Menge Fremdarbeiter ins Werk kriegen. Und so eine Uniform flößt diesen Pollaken ordentlich Respekt ein!"

Also wurde Franz Mitglied der SS, was nicht nur mit mehr Respekt, sondern auch mit einer Gehaltserhöhung verbunden war.

Dieser Schritt brachte viele Vorteile mit sich – einer davon war ihm besonders genehm: Er war in seiner Position unabkömmlich und damit für die kämpfende Truppe passè.

Die SS brachte dem Werk zusätzliche Umsätze ein – Zement für Auschwitz und Treblinka. Wer konnte schon ahnen, dass es einmal lebensgefährlich werden würde, die schicke Uniform mit den Runenzeichen zu tragen!

Als die Front sich allmählich der Oder näherte, verbrannte Franz Matjewski seine Uniform, alle Geschäftsunterlagen und sein Parteibuch im Zementofen des Werkes. Schleunigst wurden die

Parolen an den Wänden der Werkshallen beseitigt. Statt ‚Räder müssen rollen für den Sieg' prangte nun ein dicker schwarzer Balken auf den Backsteinwänden.
Als die Russen kamen, fanden sie eine leere Fabrik vor. Die Öfen waren erloschen, der Zement abtransportiert und die Arbeiter verschwunden. Selbst die polnischen und russischen Fremdarbeiter hatten das Weite gesucht.

Franz Matjewski verbrachte die Tage des Zusammenbruches im Keller seines Hauses in der Carlsruher Straße.
Die Rote Armee nahm Czarnowanz am 21. Januar 1945 ein. Bei den unglaublichen Szenen die sich dabei abspielten, kamen 265 Zivilpersonen – Männer, Frauen und Kinder grausam ums Leben.
Seltsamerweise ließen die Russen das Haus der Matjewskis vollkommen unbehelligt, so als wäre es gar nicht existent!

Johann Simon und seine Frau hatten erschüttert die Nachricht über das Schicksal ihrer Tochter und der ältesten Enkelin entgegen genommen. Ihre besondere Fürsorge galt nun den beiden Kindern. Wie gut, dass sie rechtzeitig vor dem Beginn der Kämpfe um Oppeln die Stadt verlassen hatten und nach Czarnowanz gegangen waren.
Gegangen im wahrsten Sinne des Wortes! Denn Zug - und Autobusverbindungen waren längst zum Erliegen gekommen. Den Weg nach Klosterbrück waren sie schon unzählige Male gewandert.
Diesmal aber waren sie gehetzt! Der große, breitschultrige Johann Simon hatte mit seinen dreiundfünfzig Jahren einen drahtigen, durch jahrzehntelange Arbeit gestählten Körper. Notfalls hätte er seine Frau nach Czarnowanz getragen!

Sie erreichten das Haus ihrer Tochter rechtzeitig. Einen Tag später waren die Russen da!

Ohnmächtig vor Wut hatte Simon auch die Botschaft von der Beschlagnahmung seines Hauses zur Kenntnis genommen.

„Das werde ich mir nicht gefallen lassen," tobte er. „Das ist unser Haus. Auf dem Katasteramt liegen entsprechende Unterlagen vor. Ich kann beweisen, dass es mein Haus ist! Wenn die neuen Herren meinen, man müsse uns enteignen, dann können wir uns nicht dagegen wehren. Eine offizielle und amtliche Enteignung muss ich akzeptieren. Aber ich lasse mich nicht von einer wild gewordenen Meute verkrachter Existenzen berauben!"

„Lassen sie uns noch einige Wochen warten Herr Simon. Bis dahin wird wieder eine autorisierte Verwaltung vorhanden sein. Dann nehmen wir die Sache mit ihrem Haus in Angriff."

Magda legte ihre Hand auf den Arm des großen Mannes.

„Im Moment wäre es lebensgefährlich gegen die Herren der Miliz anzugehen!"

Magda hatte sich nach der Übergabe der beiden Kinder verabschieden wollen um sich auf die Suche nach ihrer Schwester zu machen.

„Nichts da, hier wird geblieben," hatte Johann Simon energisch entschieden. Sein Schwiegersohn hatte sich dem Protest angeschlossen.

„Sie bleiben hier Magda, bis der Krieg zu Ende ist und Ruhe einkehrt. Allzu lange wird das nun sicher nicht mehr dauern!"

Magda war geblieben und hatte gemeinsam mit den übrigen Bewohnern des Hauses das Anwesen seit einer Woche nicht mehr verlassen. Bislang war alles ruhig geblieben. Reichte der Arm des russischen Offiziers bis nach Czarnowanz?

Was wussten die Deutschen schon von dem eisernen Befehl Stalins – Keine Fraternisierung mit der deutschen Bevölkerung!

Es war Mechthild Matjewski, welche die Motoren-geräusche und Stimmen auf der Straße als erste vernahm. Ein Blick aus dem Fenster und die Frau erbleichte.

„Franz verschwinde in den Keller! Polnische Miliz...“

Sekunden später wurde heftig an der Eingangstür gerüttelt und geklopft. Entschlossen trat Johann Simon in den Flur und öffnete die Haustür. Sofort flog die Tür auf und Simon wurde zur Seite gedrängt. Sieben bis an die Zähne bewaffnete Milizionäre mit den bekannten weißroten Armbinden stürmten ins Haus.

Magda war sofort hinter die beiden Kinder getreten.

„Kein Wort von euch, verstanden? – Nicht ein Wort reden!“

„Papiere!“ schrie einer der Männer mit vorgehaltener Maschinenpistole. „Na wirst bald? Eure Papiere!“

Johann Simon trat in das Zimmer und holte seinen Ausweis herbei.

„Bitte mein Herr, mein Ausweis.“

Simon sprach im flüssigen polnisch und erntete die erstaunten Blicke der Milizionäre.

„Du bist Deutscher! Warum sprichst du so gut unsere Sprache?“

„Aber ich bitte sie! Wir leben schon immer Tür an Tür mit polnischen Nachbarn. Viele in unserer Familie sind Polen. Meine beiden Enkelkinder zum Beispiel und meine Nichte.“

Er deutete auf die beiden Kinder und Magda. „Wir sind keine Deutschen und wir sind auch keine Polen. Wir sind Schlesier – und wir teilen die Besetzung und ständigen Teilungen unseres Landes mit allen Polen. Wir erleiden seit Jahrhunderten das gleiche Schicksal."

Verwirrt blickte der Wortführer der Milizionäre in die Runde. Eine solche Situation hatte er offenbar nicht erwartet. Er schob seine Mütze in den Nacken und knurrte vor sich hin.

„Papiere," wendete er sich etwas milder gestimmt an die Frauen im Raum.

„Warum hast du keinen Ausweis," fauchte er Magda an, als sie ihren Passierschein vorlegte.

„Der ist verbrannt," antwortete sie mit unglücklicher Miene und begann zu schluchzen.

„Die Russen haben unseren Hof angezündet. Die Eltern der Kinder sind dabei ums Leben gekommen."

Wie auf Kommando begannen die Kleinen zu weinen.

„Die Russen – einen polnischen Hof? Warum habt ihr nicht gesagt, dass ihr Polen seit?"

„Das wollte niemand hören!"

Der Pole strich den Kindern mitfühlend über die Wangen.

„Meldet euch bei der Kommandantur. Der Sache muss nachgegangen werden!"

„Da waren wir schon. Dort haben wir die Passierscheine bekommen."

„Sehen sie zu, dass sie einen neuen Ausweis bekommen. Die russischen Passierscheine interessieren uns nicht. Wir sind für die Sicherheit im Land verantwortlich, nicht die Russen!"

Wortlos drehte sich der polnische Milizionär um und warf einen begehrlichen Blick auf die golden glänzende, pendelnde Wanduhr. Mechthild Matjewski interpretierte den Blick sofort.

„Bitte meine Herren, wollen sie die Uhr nicht mitnehmen. Für ihr neues Büro vielleicht? Als kleines Dankeschön für die Sicherheit, die sie uns gewähren...“

Der Milizionär bleckte grinsend seine gelben Zähne. Wortlos hängte er die Uhr von der Wand ab und trat mit seinen Männern den Rückzug an.

Mechthild fasste sich an die Brust. „Mein Gott, das ist gerade nochmal gut gegangen. Ich befürchtete schon, sie suchen Franz. Mein Herz klopft mir bis zum Hals.“ Erleichtert ließ sie sich auf das Biedermeier-Sofa fallen, das Franz Matjewski, wie die gesamte Wohnzimmereinrichtung, über dunkle Kanäle aus Berlin besorgt hatte.
Johann Simon zog die Vorhänge des Wohnzimmerfensters etwas zur Seite und schaute dem abfahrenden Mannschaftswagen nach. Ein deutsches Militärfahrzeug mit einem Holzvergaser. Die Hoheitszeichen waren sorgfältig übermalt worden.

„Das ist erst der Anfang Mechthild. Noch wissen sie scheinbar nichts von Franz. Aber sie werden ihn abholen – darauf kannst du Gift nehmen. Wenn auch nur ein Teil von dem stimmt, was in den letzten Wochen so geflüstert wurde...!“
Er sah seine Tochter sorgenvoll an.
„Dann war die SS die größte Mörderbande in dieser braunen Horde! Ihr müsst weg hier Mechthild – und zwar so schnell wie möglich. Wenn dir das Leben deines Mannes wertvoll ist, dann verschwinde mit ihm in den nächsten Tagen.
„Aber wo sollen wir denn hin Vater? Unser Haus hier und unser Sommerhäuschen an der Himmelwitz.... Alles einfach so aufgeben? Es ist doch alles was wir haben Vater!“

Mechthild stierte mit leeren Augen auf die helle Stelle an der Stirnwand des Zimmers, die einmal von einer goldenen Wanduhr geziert wurde.

„Nein Vater, das ist einfach unmöglich. Das kann ich nicht einfach so aufgeben. Franz trug zwar diese erbärmliche Uniform, aber er hat nie etwas unrechtes getan. Und die Fremdarbeiter...? Die sind nie schlecht behandelt worden – jedenfalls nicht schlechter als in den anderen Fabriken!"

„Mach dir nichts vor Mechthild!" Johann Simon wurde etwas ungehalten. „Franz ist Mitglied der SS. Ob nun aus Überzeugung oder um persönliche Vorteile zu nutzen, das wird die Polen wenig interessieren. Glaube mir Mädchen, die SS-Männer werden gejagt werden – und nicht nur in Polen. Ich habe mir erzählen lassen, was die Russen und Polen mit den Soldaten der Waffen-SS machen, wenn sie ihnen in die Hände fallen. Erschießung ist da noch ein gnädiger Tod! Wenn ihr euer Leben retten wollt Mechthild, dann packt eure Wertsachen zusammen und verschwindet. Am Besten noch heute Nacht!"

Inzwischen war Franz Matjewski aus dem Keller nach oben gekommen und hatte die letzten Sätze seines Schwiegervaters vernommen. Er nickte still vor sich hin.
„Dein Vater hat vollkommen recht Mechthild!"
Er legte den Arm um seine Frau und drückte sie an sich.
„Ich habe mich immer an die Hoffnung geklammert, dass die Wehrmacht eine Gegenoffensive startet und die Russen aus den eroberten Reichsteilen zurückdrängt. Mittlerweile habe ich einsehen müssen, dass dieser endlose Krieg wohl verloren ist. Was die Russen einmal haben, das lassen sie nicht mehr los."

Franz warf seinem Schwiegervater einen fragenden Blick zu.

„Kommt mit uns Johann! Wir gehen über die Oder und versuchen soweit als möglich nach Westen zu kommen. Wenn man den Meldungen glauben schenken darf, konzentrieren sich die Russen auf die Einnahme Berlins. Die westlichen Alliierten sollen bis zur Elbe vordringen. Das heißt, wenn wir Dresden erreichen, sind wir den Russen entkommen. Kommt mit uns Johann!"

Johann Simon hatte während des Gespräches sein Frau nicht aus den Augen gelassen.

Das energische Kopfschütteln der zierlichen Frau sagte ihm alles. Er kannte die Ängste seiner Frau und ihre Vorbehalte gegenüber den westlichen Reichsteilen. ‚Aus dem Westen ist nie etwas Gutes gekommen. Nur immer Krieg und Plünderung!'

„Nein Franz! Schau dir die Kinder an! Die Strapazen der letzten Wochen, die schrecklichen Geschehnisse... Nein, die Kinder halten das nicht durch! Und ich will nicht auch noch meine Enkelkinder verlieren Franz. Geht! Kämpft euch nach Westen durch! Aber nicht nach Dresden. Dresden gibt es nicht mehr! Meidet die größeren Städte und bleibt in ländlichen Gebieten. Und seit vorsichtig auf der Oder. Es ist sehr gefährlich um diese Jahreszeit auf dem Strom!"

Mechthild seufzte tief auf. „Dann will ich mal unsere Sachen packen!"

„Nur das Wichtigste Mechthild. Dokumente, deinen Schmuck, Geld... vielleicht ein paar Kleidungsstücke!"

Johann Simon grunzte. „Dein Geld Franz, wirst du wohl nicht mehr brauchen. In einem geplünderten Land ist nur noch Überleben wichtig! Nehmt vor allem

Lebensmittel mit – soviel ihr finden könnt. Wir werden uns schon irgendwie durchschlagen!"

Franz trat an seinen Schreibsekretär und öffnete eines der vielen Fächer.

„Ich werde dir das Haus und unser Grundstück am Himmelwitz überschreiben Johann. Dann ist es in sicheren Händen."

Johann lachte laut auf. „Ach mein Junge, das wird uns doch wieder abgenommen. Die Russen sind hier und nicht die Amerikaner. Wir müssen damit rechnen, dass alles beschlagnahmt und kollektiviert wird. Den Deutschen wird man wohl außer dem Leben kaum etwas lassen. Aber tue, was du tun musst!"

In der Dunkelheit bestiegen Matjewskis ihr Boot auf der Malapane und ließen sich zur Oder hinab treiben. Bis zum frühen Morgen hatten sie mit ihrem Boot Brieg erreicht.

Mechthild und Franz Matjewski hatten mehr Glück als viele andere deutsche Flüchtlinge.

Den Selbstmord des Führers am 30. April erlebten sie bereits in Reichenbach, jenseits der Lausitzer Neiße. Bis zum Kriegsende am 8. Mai 1945 hatten sie Hoyerswerda erreicht und im Juli 1945 gelangten sie in das hessische Witzenhausen und damit in die amerikanische Besatzungszone.

Am folgenden Sonntag verließen die Simons zum erstenmal nach dem Eintreffen der Roten Armee das Haus in der Carlsruher Straße. Die Glocken von Sankt Norbert riefen zum Gottesdienst.

Der Klang der Kirchenglocken brachte ein Stück Normalität zurück, wenn auch nur eine illusorische Normalität.

Die Pfarrkirche von Czarnowanz war dem heiligen Norbert geweiht, dem Gründer des Prämonstratenserordens, denn sie diente bis zur Säkularisation den Prämonstratenserinnen als Klosterkirche. Da die Bevölkerung der Gemeinde zweisprachig war, fanden die täglichen Gottesdienste sowohl in polnischer als auch in deutscher Sprache statt. Im Schutze des Konkordates scherten die Geistlichen sich wenig um das Verbot der polnischen Sprache durch die Nazis. Die Umbenennung des Ortes in das ‚deutsche' Klosterbrück änderte daran auch nichts.

Der Anteil der polnischen Mitglieder der Pfarrgemeinde ging allerdings in den Kriegsjahren gewaltig zurück. Nun allerdings hatten sich die Reihen der Gläubigen im ‚deutschen Gottesdienst' deutlich gelichtet.

Wie immer fand die Zelebration der Messe natürlich in Latein statt. Der Pfarrer verzichtete auf eine Predigt. Stattdessen wurde im Anschluss an die heilige Messe, im Gedenken der Opfer der Kirchengemeinde in den letzten Wochen, der Rosenkranz gebetet. Keine Gebete für namenlose Unbekannte. Die Namen der zahllosen Opfer der Gemeinde waren den Kirchenbesuchern mehr als bekannt!

Die leisen Gebete hallten in der eiskalten Kirche von den Wänden zurück. ‚Der du für uns das schwere Kreuz getragen hast!'

„Oma!" Theresia flüsterte leise und Frau Simon beugte sich über das kleine Mädchen.

„Ist die heilige Anna hier auch oder gibt's die nur bei uns auf dem Annaberg?"

Die Großmutter war zunächst verblüfft über die Frage des Kindes, doch dann lächelte sie verstehend. "Nein Theresia, die Mutter Anna ist überall. Du kannst sie auch hier um Hilfe bitten. Deine Schwester mein Schatz, ist schon längst bei ihr im Himmel. Aber du hast schon recht, in den nächsten Tagen gehen wir zur Sankt-Anna-Kirche. Du weißt doch, die schöne Holzkirche hier."

Als die Kirchgänger aus dem Gotteshaus heraustraten, wurden sie von einer Gruppe Polen in Empfang genommen, die sie mit wüsten Beschimpfungen und Drohungen begrüßten.

Ein heftiges Donnerwetter des Pfarrers verhinderte Handgreiflichkeiten vor Sankt Norbert. Die Saat des Hasses trug überreife Früchte.

Johann Simon fasste seine Enkelkinder an den Händen.

„Kommt nachhause Kinder. Schnell!"

Und an seine Frau gewandt: „Wir müssen Demut lernen Helga. Und darauf hoffen, dass uns die Polen irgendwann verzeihen mögen!"

In den nächsten Wochen wurde die Versorgung mit Lebensmitteln immer schwieriger.

Glücklicherweise hatten Tochter und Schwiegersohn im letzten Herbst üppige Vorräte eingekellert. Magda bewies sich auch hier als ein Organisationstalent. Aus unbekannten Quellen besorgte sie täglich frische Milch und hin und wieder Lebensmittelzuweisungen aus russischen Depots.

Die Simons blieben auch weiterhin unbehelligt. Zwar fanden öfters Ausweiskontrollen der polnischen Miliz statt, aber es gab weder Hausdurchsuchungen noch Plünderungen. Was alle verbliebenen Deutschen erdulden mussten, blieb Simons vorläufig erspart. Ob es nun die polnische Sprache war oder die kleinen Geschenke, welche die Milizionäre freundlich stimmten – darüber rätselten die Simons täglich.

Nach und nach kehrten immer mehr deutsche Flüchtlinge zurück, die sich wochenlang in den Wäldern versteckt hielten oder ihr Heil im zerbombten Breslau gesucht hatten.

Nicht selten fanden sie fremde Menschen in ihrem Heim. Leerstehende Häuser und Bauernhöfe waren von polnischen Fremdarbeitern oder besitzlosen Polen in Beschlag genommen worden. In der überwiegenden Zahl der Fälle hatten die ehemaligen Eigentümer schlechte Karten. Die Miliz stand natürlich auf Seiten der Polen und die russische Militärverwaltung zuckte mit den Schultern. Man konnte von Glück reden, wenn man in seinem Eigentum ein kleines Plätzchen als vorläufige Bleibe erhielt.

Was hatten es Simons doch so gut getroffen! Meinten sie...

Die erste Frühlingswoche war bereits angebrochen. Unter den wärmenden Strahlen der Mittagssonne wagten sich bereits die ersten Frühlingsblumen hervor. Zwischen den verblühenden Schneeglöckchen zeigten sich vorsichtig die ersten Krokusse, Tulpen und Hyazinthen.

Helga Simon hielt es nicht mehr im Haus. Sie musste mit den Gartenarbeiten beginnen. Magda und die Kinder halfen ihr bei der Beseitigung der Herbstspuren.

Trockene Zweige wurden zusammengelesen, Laub gerecht, die Blumenrabatten von den schützenden Fichtenzweigen befreit.

Johann Simon beschäftigte sich mit dem Ausschneiden der Obstbäume im Garten. Er war es, der das russische Militärfahrzeug als erster sah. Diesem folgte ein Fahrzeug mit polnischer Miliz. In Windeseile stürmte die Familie ins Haus zurück.

Die russischen Soldaten hatten die Haustür bereits mit Gewalt geöffnet.

„Wo ist er?" Der Ruf des polnischen Milizionärs klang hart und drohend.

„Wen suchen sie? Hier ist niemand außer uns!" Johann Simon ahnte schlimmes.

Einer der Russen gab einen knappen Befehl und die Soldaten stürmten ins Haus.

„Wir suchen Franz Matjewski! Wo ist er? Wo halten sie ihn versteckt?"

„Die Familie Matjewski hat bereits vor mehr als einem Monat Schlesien verlassen. Sie sind über die Oder gegangen. Ich weiß nicht, wo sie sich im Augenblick befinden."

Die russischen Soldaten und die polnische Miliz durchsuchten das Haus von oben bis unten. Binnen einer Stunde war die Wohnung vollkommen verwüstet.

Der Anführer der Miliz holte ein mit amtlichen Siegeln versehenes Schreiben aus der Tasche.

„Dieses Haus und der gesamte Besitz der Familie Matjewski wird vorläufig beschlagnahmt. Auf Befehl der russischen Militäradministration. Die zukünftige polnische Verwaltung wird später entscheiden, was mir dem Besitz geschehen wird!"

Der Milizionär warf einen prüfenden Blick auf die Simons.

„Packen sie ihren persönlichen Besitz zusammen und verlassen sie umgehend dieses Grundstück. Wir geben ihnen von jetzt ab drei Stunden Zeit!"

Der Pole blickte auf seine Uhr und reichte Johann Simon das in russisch und polnisch gehaltene Dokument. Dieser nahm die Nachricht gefasst entgegen. Seit Wochen hatte er diesen Augenblick kommen sehen. Er drehte sich zu den weinenden Frauen um.
„Ihr habt es gehört. Lasst uns packen! Wir gehen nach Opole. Dort müssen wir sehen, dass wir wieder in unser Haus können."

Während sich die russischen Soldaten wieder entfernten, packten Magda und die Simons ihre wenigen Habseligkeiten unter den strengen Augen der Miliz zusammen. Noch während die Familie packte, trugen die Milizionäre bereits die ersten Einrichtungsgegenstände zu ihrem Fahrzeug.
Dann standen die Simons mit ihren Koffern und Rucksäcken auf der Carlsruher Straße.
„Kommt, lasst uns zum Bahnhof gehen Kinder! Ich hoffe, dass der Zugverkehr nach Oppeln wieder aufgenommen worden ist."

„Johann bitte... Die Sankt Annakapelle ist nicht weit vom Bahnhof entfernt. Lass uns vorher zur Kapelle gehen. Wir brauchen die Hilfe der Mutter Anna und ihrer Tochter jetzt. Besonders aber brauchen die Kinder hier Zuversicht. Sie haben doch sonst nichts mehr..."

Johann nickte stumm und sie machten sich schweigend auf den Weg. Die Sonne verschwand hinter düsteren Wolken und die plötzliche Kühle erinnerte die Vertriebenen daran, dass der Winter immer noch näher war als der kommende Sommer. Theresias sechster Sommer – und der Krieg war immer noch nicht beendet.

Auf dem Weg zur alten Holzschrotkirche von Sankt Anna sahen sie zur Linken die Zementfabrik stehen, in der bereits wieder gearbeitet wurde. Zement für eine neue Welt.
Zement für den Aufbau des Sozialismus!

Opole

Johann Simon erfasste das blanke Entsetzen als er die Verwüstung seiner Heimatstadt sah.

Große Teile Oppelns waren zerstört und überall waren die Spuren der Kämpfe um Oppeln unübersehbar.

Ein großer Teil der deutschen Bevölkerung war in der Stadt geblieben oder war nach Beendigung der Kampfhandlungen wieder zurückgekehrt.

„Mein Gott, was haben wir getan," stöhnte er immer wieder mit wässrigen Augen. „Wohin hat uns der deutsche Größenwahn gebracht?"

Deutsche Laute hörte man nur selten auf den Straßen. Das ‚wasserpolnische', das in den letzten Jahren mehr und mehr verdrängt worden war, erklang plötzlich überall.

Wie erwartet fanden sie ihr Haus von polnische Bewohnern besetzt. Vier Familien waren in dem schmalen, zweistöckigen Haus untergebracht. Sie wohnten auf engstem Raum.

Die Stimmung in Haus war nicht nur unfreundlich, sie war auch ausgesprochen antideutsch.

„Für Deutsche ist hier kein Platz mehr," war noch einer der freundlichsten Sätze.

Resigniert wendeten sich die Obdachlosen von ihrem Haus ab und waren im Begriff zu gehen, als ihnen ein älterer Mann aus dem Haus nachkam.

„Warten sie einen Augenblick Herr Simon," rief er ihnen in polnisch nach. Johann drehte sich erstaunt um.

„Kennen wir uns?" fragte er verdutzt.

„Ich weiß nicht, ob sie sich noch an mich erinnern. Mein Name ist Wotnica. Wir haben vor vielen Jahren unseren Kahn bei ihnen überholen lassen. Erinnern sie sich?"

Johann erinnerte sich wirklich nicht. Der Höflichkeit folgend machte er eine erkennende Miene.

„Natürlich Herr Wotnica. Sicher erinnere ich mich. Wie kommen sie denn hier her?"

„Unser Anwesen an der Oder ist bei den Kämpfen vollkommen zerstört worden. Meine Frau, mein Bruder – alle tot. Und meine beiden Töchter... ich weiß gar nicht, wie viele Russen sich auf ihnen ausgetobt haben!" Der Mann kämpfte um seine Beherrschung. Er schluckte heftig und drehte seinen Kopf zur Seite.

„Aber sind sie nicht Pole, Herr Wotnica?"

„Wir sind polnische Schlesier, ja! Aber Granaten und Kugeln fragen nicht nach Sprache und Herkunft... und geile Soldaten genauso wenig!"

Die Zweifel an einer göttlichen Instanz, die Johann seit vielen Wochen plagten, erfassten ihn auch nun wieder. Wie sehr beneidete er seine Frau um ihren unerschütterlichen Glauben.

„Aber warum ich sie anspreche Herr Simon – meine Töchter und ich gehen in den nächsten Wochen nach Frauendorf. Mein Sohn hat dort einen unbewirtschafteten Bauernhof übernommen. Die beiden Zimmer unter dem Dach in ihrem Haus würden dann frei..."

Simons bekamen den Dachboden ihres eigenen Hauses als Unterkunft angeboten und bedankten sich artig dafür.

Magda zupfte dem deprimierten Johann Simon am Ärmel.

„Ich habe hier das Schreiben des russischen Oberleutnants. Der Brief ist in russisch, aber vielleicht hilft das uns weiter. Lassen sie uns zu den Russen gehen!"

Nach einigem Fragen fanden sie die russische Militärverwaltung und wurden an eine uniformierte Frau verwiesen. Mit herablassender Miene las die Russin das Handschreiben.

„Der Genosse Oberleutnant bittet uns, ihnen Hilfeleistung zu gewähren," wandte sie sich an Magda. „Sie müssen dem Genossen viel Freude bereitet haben," grinste sie süffisant und faltete den Brief wieder zusammen. Die Soldatin sprach ein holpriges polnisch und machte nach jedem Wort eine lange Pause.

„Was also können wir für sie tun Frau Poziemba? Sie sind Polin – wir haben ihr Land befreit und der deutschen Terrorherrschaft ein Ende bereitet. Eigentlich sind die Polen sich nun selbst verantwortlich."

„Diese beiden Kinder hier," begann Magda und deutete auf Herbert und Theresia, „haben in den letzten Wochen ihre Heimat und ihre Eltern verloren. Sie sind polnischstämmige Schlesier mit deutschen Papieren. Ihre Eltern waren überzeugte Antifaschisten, die sich den Nationalsozialisten immer wieder verweigert haben. Das kann ich bezeugen!

Auch die Großeltern hier haben sich dem Terror der Nazis widersetzt. Sie sind energischere Antifaschisten, als es viele Polen jemals waren! Sie haben vor Beginn der Kampfhandlungen Opole verlassen, um sich vor den zurückweichenden SS-Horden in Sicherheit zu bringen. Nun sind sie zurückgekommen, um beim Aufbau eines freien, polnischen Schlesiens zu helfen und finden ihr Haus durch fremde Menschen besetzt!"

Die Russin hatte sich inzwischen hinter ihren Schreibtisch gesetzt und betrachtete die Gruppe auf der anderen Seite des Tisches zweifelnd. Ungläubig wiegte sie ihren Kopf hin und her.

„Was haben sie mit diesen Deutschen zu tun?"

Die Soldatin war alle andere als überzeugt.

„Ich bin von den Deutschen aus meiner Heimatstadt Lemberg verschleppt worden und in Deutschland zur Zwangsarbeit gezwungen worden. Ohne diese Menschen hier, würde ich heute nicht mehr leben. Sie haben mich vor den Nazis geschützt und wie ein Familienmitglied behandelt."

Magda gab mächtig viel Tobak von sich. Sie hatte inzwischen gelernt, was Russen und Polen hören wollten.
Die russische Soldatin war immer noch unschlüssig.
Magda erkannte, dass sie die gleichen Rangabzeichen trug wie ihr Beschützer.

„Es ist uns nicht gestattet, mit den Deutschen in näheren Kontakt zu treten. Nur bei deutschen Antifaschisten, die mit der Roten Armee kollaborieren, dürfen wir Ausnahmen machen!"
„Genossin Oberleutnant, ich bin Polin und diese Deutschen hier sind bekennende Antifaschisten, das kann ich beschwören."
Die korrekte Ansprache schien der Genossin sehr zu gefallen. Ihre Gesichtszüge wurden deutlich milder. Sie sprach nun in ihrem schlechten polnisch den bis dahin wortlosen Johann Simon an und wendete sich der Schreibmaschine zu.
„Ich brauche ihre Namen und Geburtsdaten. Um welches Haus handelt es sich in Opole?"
Johann gab bereitwillig Antwort. Sein ausgezeichnetes polnisch ließ keinen Deutschen erkennen.
„Welchen Beruf üben sie aus, Herr Simon?"
„Ich bin Schiffszimmermann. Ich baue Kähne für die Flussschifffahrt."

Die Russin hielt einen Moment inne und pfiff durch die Zähne. Dann musterte sie den stattlichen Mann von oben bis unten.

„Ausgezeichnet! Ganz ausgezeichnet! Waren sie Soldat oder in einem dieser deutschen Verbände?"

„Nein, ich war nie Soldat. Dem Volkssturm habe ich mich entzogen! Vor dem Verbot durch die Faschisten war ich Mitglied des Zentrums, einer christlich-demokratischen Partei!"

Genossin Oberleutnant beugte sich soweit vor, dass ihre Brüste den Schreibtisch berührten.

„Wie war ihr Verhältnis und ihre Einstellung zu den deutschen Kommunisten, Herr Simon?"

„Hier in Schlesien war die kommunistische Partei nicht stark vertreten. Die Kommunisten die ich kannte, waren in erster Linie Schlesier und erst in zweiter Linie Kommunisten. Die kommunistische Internationale hatte in Schlesien keinen Einfluss. Das haben wir mit Polen gemeinsam."

Die Russin dachte einen Moment über die Worte Johanns nach. Die offene Art des Deutschen schien ihr zu gefallen. Dann lehnte sie sich zurück und lächelte verschmitzt.

„Das wird sich wohl nach der Befreiung ändern. In Polen und in Deutschland! Die kommunistische Internationale ist ein sicheres Bollwerk gegen Faschismus, Kapitalismus und Ausbeutung der Arbeiterklasse. Sie wird für alle Zeiten ein Garant für den Weltfrieden werden."

Genossin Oberleutnant widmete sich wieder ihrer Schreibmaschine. Mittlerweile hatte sie ein drittes Formular eingelegt.

‚Ein deutscher Oberleutnant würde sich nie für solche Büroarbeiten hergeben,' dachte Johann Simon. Die

Russin warf ihm einen Blick zu und schien seine Gedanken lesen zu können.

„Mein Sekretär ist heute außer Haus tätig," murmelte sie vor sich hin. „Der ist geschickter im Umgang mit diesem Gerät."

Dann legte sie die Formulare auf ihren Schreibtisch, setzte Stempel darunter und unterschrieb.

‚Preußische Schule' schoss es Johann durch den Kopf.

Die Soldatin überflog noch einmal wohlgefällig ihr Werk.

„Wissen sie, es ist so ein Problem mit der Verständigung. In der Roten Armee gibt es nicht sehr viele polnisch sprechende Genossen. Mit der deutschen Sprache ist es da schon besser – dank der vielen deutschen Antifaschisten in Moskau!"

Sie reichte die Dokumente einzeln an Johann weiter.

„Das hier ist die Räumungsanweisung für ihr Haus. Dies hier ist eine Anweisung, ihre Arbeitskraft ihren Fähigkeiten entsprechend einzusetzen. Und dieses Formular ist eine Erklärung ihrer antifaschistischen Gesinnung. Das müssen sie mir unterschreiben! Gehen sie bitte hinüber zu dem wachhabenden Offizier und geben sie ihm die Anweisung. Alles weitere wird er veranlassen."

Noch am gleichen Tag räumten Soldaten der Roten Armee die untere Etage des Hauses der Simons. Trotz der wüsten Beschimpfungen und Drohungen der auf die Straße gesetzten Polen, bezog die Familie die drei geplünderten Zimmer der unteren Etage.

Bereits in den folgenden Tagen wurde Johann Simon zur Arbeit für die russische Armee herangezogen. Als Zimmermann wurde er zum Bau von Behelfsbrücken und ähnlichen Arbeiten zur Verbesserung der

Nachschubwege für die Rote Armee eingesetzt. Als Bezahlung erhielt er die karge Verpflegung eines Rotarmisten. Den 8. Mai 1945 verbrachte er mit einer Schleusenreparatur an der Oder. Der Jubel und die Freudentänze der wenigen verbliebenen russischen Soldaten bewiesen ihm den Untergang Hitlerdeutschlands.

Inzwischen hatte mehr und mehr das polnische Militär die Verwaltung und die Ordnungsmacht in Oberschlesien übernommen – die Russen hatten den Polen die Gebiete jenseits der Oder kommissarisch übergeben. Die Informationen der verbliebenen Deutschen waren äußerst spärlich. Radioempfang war strengstens verboten und aus den Westteilen Deutschlands drangen widersprüchliche Nachrichten hinüber nach Oberschlesien.

„Das ist alles nur provisorisch," hörte Johann während der Arbeit einen Deutschen flüstern.

„In vier Wochen soll überall eine deutsche Verwaltung eingesetzt werden. Russen und Polen ziehen sich bald zurück."

Statt dem Ende des ‚Provisoriums' erlebten die Oberschlesier ein immer rigoroser vorgehendes, polnisches Militär. Schlesische Frauen und Männer verschwanden von einem Tag auf den anderen. Den schlesischen Familien, die nicht polnisch sprachen, wurde nahegelegt, über die Oder nach Westen zu gehen. Der Flüchtlingsstrom über die Oder schwoll heftig an.

Da die Versorgungslage in der Besatzungszone der Sowjets immer kritischer wurde, griffen die Russen schließlich ein. Es kam zu Auseinandersetzungen zwischen der Roten Armee und polnischen Milizen und die Zahl der ‚wandernden Deutschen' ging vorläufig zurück.

An den Simons ging dies alles vorbei. Sie hielten sich an die im Sommer ergangenen Anweisungen, alle deutschen Bücher abzugeben und die deutsche Sprache nicht mehr zu gebrauchen. Selbst in der Kirche wurde die deutsche Sprache eingestellt. Die deutschen Sätze in den Beichtstühlen vernahm ja kein Außenstehender!

Schnell hatten sich die Simons angewöhnt, auch in den eigenen vier Wänden polnisch zu reden. Zwar hatte man sich mit den polnischen Mitbewohnern arrangiert, aber man konnte ja nie wissen....

Das Wasserpolnische war den Kindern vom Annaberg bekannt und ganz allmählich fanden sie sich in diesen Dialekt ein. Jetzt, nach dem endlich etwas Ruhe eingekehrt war, begann Theresia die Ereignisse der vergangenen Monate zu verarbeiten. Sie zog sich immer mehr in sich zurück, aß von dem Wenigen was da war noch weniger und nässte fast jede Nacht ihr Bett ein, welches sie mit ihrem Bruder teilen musste. Herberts wütende Schreie weckte die Erwachsenen regelmäßig.

Magda bemühte sich rührend um die Kleine. Den ganzen Tag beschäftigte sie sich fast ausschließlich mit den Kindern. Sie spielte mit ihnen, sang mit ihnen polnische Lieder und erzählte ihnen flüsternd Geschichten von Feen und Riesen. Theresias Zustand besserte sich zusehendst.

Bis zu jenem Abend im August 1945...

Am Abend vor Theresias sechsten Geburtstag erschienen Milizionäre im Haus der Simons.

„Johann Simon? Kommen sie bitte mit uns!"

„Wohin? Was ist denn geschehen?"

„Sie verbreiten antipolnisches Material und fordern Deutsche zum Widerstand auf. Sie sind vorläufig festgenommen. Frau Poziemba – gegen sie wurde der

Vorwurf der Kollaboration mit deutschstämmigen Renegaten erhoben. Das ist Landesverrat! Folgen sie uns bitte!"

Die Miliz führte Magda und Johann aus dem Haus. Sie ließen zwei weinende Kinder und eine verzweifelte Frau zurück.

In den folgenden Wochen sprach Helga Simon täglich im Gebäude der polnischen Miliz vor.

Sie erntete allerdings nur Achselzucken und harsche Worte. In ihrer Not ging die verzweifelte Frau schließlich zum katholischen Pfarramt. Der Pfarrer bat Helga mit den beiden Kindern in sein Arbeitszimmer. Dort schloss er zunächst, trotz des schönen Wetters, die Fenster.

„So Frau Simon, hier dürfen sie deutsch reden. Habt ihr Lust auf Kirschen ihr zwei? Ganz frisch aus dem Garten."

Herbert und Theresia nickten stumm. Der Geistliche verschwand aus dem Zimmer und kehrte nach wenigen Augenblicken mit einem Teller Kirschen zurück.

„So, nun greift mal ordentlich zu! Wird der Kuchen für den Sonntag halt etwas kleiner, nicht wahr!"

Er tätschelte den beiden Kindern den Rücken und setzte sich anschließend zu Helga.

„Also Frau Simon, was haben sie denn auf dem Herzen?"

Helga berichtete stockend von der Verhaftung. Dabei konnte sie ihre Tränen nicht zurück halten. Der Pfarrer hatte seine Hände vor dem Gesicht gefaltet und hörte der weinenden Frau wortlos zu. Nach dem sie geendet hatte, blickte er den Kindern einige Zeit beim Kirschenessen zu. Dann stand er auf und trat zum Fenster. Er verschränkte seine Hände auf dem Rücken über dem schwarzen Talar.

„Bitte Frau Simon – zunächst eines: Es sind nicht *die* Polen, die hier willkürlich gegen Deutsche vorgehen. Genau so wenig, wie es *die* Deutschen waren, die Polen besetzt und Juden gejagt haben. In diesen selbsternannten Milizen tummeln sich oft ehemalige Partisanen, wilde und skrupellose Gesellen. Oder verschleppte polnische Fremdarbeiter, die in jedem Deutschen einen früheren Peiniger sehen. Aber es sind nicht *die* Polen. Natürlich fühlen wohl fast alle Polen eine heftige Abneigung gegen Deutsche und alles was deutsch ist, aber ist das nicht verständlich?"

Der Geistliche schwieg einen Moment.

„Sehen sie Frau Simon, Polen ist ein vollkommen zer-schlagenes Land. Kein Volk in Europa hat so unter den Deutschen leiden müssen, wie die Polen. Warschau ist ein einziger Trümmerhaufen. Unsere Verbrechen, Frau Simon, fallen jetzt auf uns zurück! Und trotzdem, glauben sie mir, die Nächstenliebe und Menschlichkeit hat Schlesien und Polen nicht verlassen, auch wenn es zeitweilig so aussieht."

Der Pfarrer trat vom Fenster zurück und nahm wieder Platz.

„Wissen Sie Frau Simon, dass was ihnen wiederfahren ist, haben viele Gemeindemitglieder in den letzten Wochen und Monaten erlebt. Ich weiß nicht genau, wohin die Verhafteten geschafft werden, aber man redet viel von einem Arbeitslager in Lamsdorf. Dort, in der Nähe des Truppenübungsplatzes hat bereits die SS ein Gefangenenlager geführt. Dies hat man offenbar ohne Skrupel übernommen. Ihr Mann ist Zimmermann, wahrscheinlich ist man scharf auf seine Fähigkeiten. Billiger kann man eine Fachkraft wohl nicht bekommen."

Der Priester erhob sich und ging im Zimmer auf und ab.

„Ich weiß im Moment leider nicht wie ich ihrem Mann und Frau Poziemba helfen soll Frau Simon. Der Kirche sind die Hände gebunden – nicht anders als bei den Nazis!

Allerdings hatten die immer noch gewisse Skrupel, sich an Gotteshäusern zu vergreifen. Wenigsten im Reich! Die Russen hatten da weniger Bedenken. In unseren Kirchen in Oberschlesien Frau Simon, ist gebrannt, geplündert, gesoffen, vergewaltigt und gemordet worden! Diese so genannten Milizen sind da zwar nicht ganz so hemmungslos, aber bei ihrem Vorgehen nehmen sie auf die katholische Kirche keine Rücksicht."

Der Geistliche zog an seinem weißen Kragen um etwas Luft zu bekommen. In dem Arbeitszimmer war es sehr warm geworden. Lächelnd warf er einen Blick auf den Teller vor den zwei Kindern. Statt der Kirschen häufte sich ein Berg Kerne darauf.

„Wollt ihr noch welche? Aber ich weiß nicht, ob ihr dann nicht Bauchschmerzen bekommt. Aber wartet, ich glaube ich habe da noch..."

Er beugte sich zum Schreibtisch und zog unter einem Berg Papier eine Porzellanschale mit Keksen hervor.

„Seht ihr, die Gemeinde lässt ihren Pfarrer nicht verhungern."

Das hilflose Gesicht seiner Besucherin bedrückte den Priester sehr.

„Ach Frau Simon, ich befürchte ihnen in dieser Angelegenheit nicht helfen zu können. Ich werde mich gern einmal umhören – aber wie ich schon sagte, wir haben überhaupt keinen Einfluss mehr. Denken sie nur an das Deutschverbot in den Kirchen. Bislang mussten die Priester in Oberschlesien sowohl deutsch als auch polnisch beherrschen. Aus Kattowitz habe ich nun erfahren, dass im Priesterseminar kein deutsch mehr gelehrt wird."

Der Mann in der schwarzen Bekleidung stockte einen Moment.

„Aber für sie und die Kinder kann ich etwas tun Frau Simon! Ich werde dafür sorgen, dass sie versorgt werden. Sie werden weder hungern noch frieren müssen. Das verspreche ich ihnen. Dafür wird meine – ich meine natürlich unsere Gemeinde – schon sorgen.

Die Gemeinde wird ihnen beweisen Frau Simon, dass die Nächstenliebe in unserem Oberschlesien nicht gestorben ist!"

Der Pfarrer hatte mit seiner Vermutung vollkommen recht. Magda und Johann wurden am Abend der Festnahme nicht zum Milizgebäude, sondern über die behelfsmäßige Brücke auf die andere Seite der Oder gebracht. Dort wurde Johann von Magda getrennt und auf einen offenen LKW geschoben, auf dem schon mehr als ein Dutzend Männer saßen.

Johann Simon blickte der traurig winkenden Magda nach, bis das Fahrzeug verschwunden war. Er fühlte in seinem Innersten, dass dies ein Abschied für immer war.

Der LKW holperte unsanft über die dunkle und löchrige Strasse. Panzer und Militärfahrzeuge hatten die Straßen und Wege im Winter überall zu fürchterlichen Pisten gemacht.

Mitten in der Nacht erreichten sie das Lager Lamsdorf, das ehemalige Kriegsgefangenlager der SS. Die zwölf Neuankömmlinge wurden ohne Erklärung in eine bereits überfüllte Baracke gesperrt. Da die vorhandenen Pritschen bereits belegt waren, mussten sich die Neuen einen Platz auf dem Fußboden suchen. Johann hielt den Atem an – es stank fürchterlich in der Baracke. In der Dunkelheit konnte man so gut wie nichts sehen. Nur schemenhaft erkannte er die Männer neben sich.

„Wo kommst du denn her?" hörte Johann eine schwache Stimme von der Pritsche neben ihm.

„Direkt aus Oppeln. Frag mich nicht warum!"

Er hörte ein Kichern neben sich. „Das weiß keiner hier! Grüß dich Nachbar – ich komme aus Klein-Döbern!"

Aus dem hinteren Teil der Baracke hörte man lautes Stöhnen. Johann hob den Kopf und lauschte.

„Was ist denn da hinten los?"

„Da ist unsere Krankenecke. Ein Haufen Kranke hier im Lager. Kein Wunder! Nichts zu fressen, keine richtigen

Latrinen, harte Arbeit und dann noch die ständigen Schikanen..."

„Krank? Wie meinst du das?"

„Typhus mein Freund! Die werden in den nächsten Tagen alle verrecken."

„Gibst denn keinen Arzt hier?"

Statt einer Antwort vernahm er ein verächtliches Kichern.

„Doch! Aber du bist im Lager Lamsdorf hier mein Freund! Na, lass dich mal überraschen..."

Die Überraschung gelang vollkommen. Als am Morgen das erste Dämmerlicht in die Holzbaracke fiel, erkannte Johann die Blecheimer in den Ecken, denen ein höllischer Gestank entstieg. Die roten, juckenden Flecke auf seinen Armen und am Hals erkannte er sofort. Entsetzt richtete er sich auf und blickte zur Decke. Der Döbener auf seiner Pritsche beobachtete dies und lachte.

„Ja mein Freund, die Wanzen besuchen uns jede Nacht. Die blutrünstigen Biester lassen sich von der Decke herabfallen und saugen uns aus. Daran musst du dich gewöhnen. Sei froh, dass du auf der Erde gelegen hast – da haben dich wenigstens die Flöhe verschont. Gegen die Läuse gibt's ab und zu TDT aber gegen die Wanzen sind wir machtlos!"

Draußen erklang ein greller Pfiff und im Nu war die ganze Baracke in Bewegung. Die Barackentür wurde geöffnet und die kühle Morgenluft drang herein. Alle Männer drängten Richtung Ausgang.

„Kann man sich irgendwo waschen?" fragte einer der Neuankömmlinge leise. Ein schallendes Gelächter war die Antwort.

„Wenn du was zu fressen haben willst, vergiss deine Wäsche. Heute Abend kannst du dich ein bisschen nass machen!"

Auf dem Lagerplatz drückte ein polnischer Soldat Johann ein Stück trockenes Brot und eine Blechtasse mit einer undefinierbaren Flüssigkeit in die Hand.
„Was ist denn das?"
„Soll wohl Tee sein, schmeckt aber wie warmes Wasser. Iss langsam und mit Andacht, vor heute Abend gibt's nichts mehr."

Aus einer der Baracken wurden zwei leblose Körper heraus geschleppt und auf einen Karren gelegt.
„Da haben wieder zwei die Nacht nicht überlebt. Die Glücklichen..."

Wieder ertönte ein Pfiff und die Gefangenen traten in Windeseile in Zweierreihen an.
„Was passiert jetzt?" flüsterte Johann.
„Arbeitseinsatz mein Freund! Die meisten von uns gehen zum Straßenbau. Der Rest muss Gräber ausheben. Hier liegen Tausende von Leichen in der Erde. Vor uns sind hier massenweise Polen und Russen verreckt. Die müssen wir alle ausbuddeln."

Ein polnischer Soldat mit einer Reitpeitsche in der Hand baute sich vor den Reihen der Gefangenen auf.
„Die Neuen vortreten!"
Zwölf Männer traten einen Schritt vor die Reihe. Der Pole teilte die Neuankömmlinge den entsprechenden Arbeitskolonnen zu.
Drei Männer wurden nicht aufgerufen.
„Kovic, Simon und Krokal – mitkommen! Der Rest – abtreten!"

Die drei Genannten trabten hinter dem Soldaten her zu einer windschiefen Hütte, deren Fenster weit geöffnet waren. Der Pole salutierte vor einem Offizier, der an einen groben Holztisch saß. Ohne ein Wort zu verlieren erhob er sich und baute sich vor den Gefangenen auf.

„Sie sind Zimmerleute und Schreiner ?"

Die Deutschen nickten.

„Ich habe Euch etwas gefragt," schrie der Pole und schlug mit der Faust auf den Tisch.

„Seit ihr Zimmerleute?"

„Jawohl!"

„Na also! Ihr werdet Eure Arbeit hier im Lager verrichten. Wir brauchen ein neues Mannschaftshaus, eine getrennte Baracke für die Verwaltung und die Latrinen müssen erneuert werden! Kapiert? Die Wachen draußen werden alles weitere mit euch klären. Sie versorgen euch auch mit Material. Abtreten!"

Johann Simon hatte Glück. Die brutale Arbeit an den Straßen und die Bergung der abertausenden von Leichen blieb ihm erspart. Während die übrigen Lagerinsassen am Morgen und am Abend ihre kärglichen Essensrationen erhielten, die nicht zum Leben, aber auch nicht zum Sterben reichten, erhielten die drei Zimmerleute jeden Mittag die gleichen Mahlzeiten, die auch die Wachmannschaften einnahmen.

War er in den ersten Wochen über das allmorgendliche Einsammeln der Verstorbenen in den Baracken noch schockiert, so gewöhnte er sich mit fortschreitender Dauer an den Anblick. Das ständige Sterben um ihn herum stumpfte ihn ab. Die zusätzliche Kost bewahrte ihn, wie auch die anderen Zimmerleute, vor einer ernsthaften Erkrankung.

Die Kontaktaufnahme mit den polnischen Wachmannschaften war streng verboten.

Trotzdem gelang es Johann, sich die Erlaubnis zu erbitten, mit Sägespänen seine Baracke auszuräuchern. Das Gezeter seiner Mitgefangenen über die ‚Räucherkammer' war zwar groß, aber die Wanzen – und Flohplage war für einige Zeit beseitigt.

Endlich wurde auch an der vorhandenen Krankenstation gezimmert. Die Station war mit einem deutschen Arzt besetzt. Doch fehlten ihm die Mittel, um den unterernährten Kranken wirklich helfen zu können. Das massenhafte Sterben konnte auch er nicht verhindern.

Im November erschienen polnische Beamte zu einer Inspektion des Lagers. Johann Simon wurde in die Verwaltungsbaracke gerufen.
Einer der Beamten hielt eine Akte in der Hand.
„Sie sind Johann Simon?"
„Ja der bin ich!"
„Sie sind Schiffszimmermann?"
„Ja, das bin ich!"
„Sie kommen aus Opole?"
„Jawohl! Geboren in Kupp bei Groß Döbern, wohnhaft in Oppeln!"
Der polnische Beamte warf dem Gefangenen einen missbilligenden Blick zu.
„Gewöhnen sie sich bitte die neue Sprachweise an! Sie meinen sicher Dobrzeń Wielki und Opole!
Herr Simon, sie sind rehabilitiert. Sie haben das Recht, polnischer Staatsbürger zu werden. Melden sie sich bitte in der nächsten Woche bei der Verwaltung der Woiwodschaft Opole!"

Am 20.November 1945 stand Johann Simon wieder vor seinem Haus in Oppeln. Ein Haus, das längst nicht mehr sein Haus war....

Zwei Tage nach ihrem Besuch im Pfarrhaus wurde Helga Simon durch einen Boten die Zwangsenteignung ihres Hauses mitgeteilt. ‚Befehl zur Übernahme in Gemeinverwaltung' hieß der offizielle Titel.

Helga und die beiden Kinder bekamen eine Wohnung in einem kriegsbeschädigten Wohnblock am Südrand von Oppeln zugewiesen. Das beschädigte Dach war notdürftig repariert worden, die Fenster des Hauses waren jedoch immer noch ohne Scheiben und teilweise ohne Rahmen.

‚Das wäre für Johann kein Problem', dachte Helga wehmütig, als sie zum erstenmal durch die leere Wohnung ging. In einem der beiden Zimmer stand ein Herd und daneben ein Spülstein mit Wasseranschluss. Das WC befand sich im Treppenhaus und musste mit einer Familie auf der gleichen Etage geteilt werden. Die durch die kaputten Fenster eindringende Feuchtigkeit hatte in den letzten Monaten Farbe und Putz von den Wänden blättern lassen.

„Wie soll ich denn das in einer Woche schaffen," jammerte Helga und ließ sich seufzend auf den schmutzigen Dielenfußboden nieder.

Herbert legte seine Arme um die Großmutter und drückte sie heftig.

„Das schaffen wir schon Oma. Es wird bestimmt ganz schön hier!"

Theresia jagte mit Begeisterung die Spinnen, die sich überall in der Wohnung tummelten.

„Ach, wenn doch nur der Opa da wäre – dann wäre alles halb so schlimm!" Helga erhob sich wieder.

„Wenigstens sind die Zimmer schön hell. Kein Wunder – ohne Fenster...! Kommt lasst uns mal bei den Nachbarn vorbei schauen, die hier im Haus wohnen."

Zwei der sechs Wohnungen des Hauses standen noch leer. In den anderen Wohnungen hatten die Behörden deutsche Familien untergebracht. Offensichtlich versuchte die Verwaltung, ein ‚Deutschenviertel' zu schaffen.

„Guten Tag, ab nächste Woche sind wir Nachbarn," stellte Helga Simon sich vor, als eine jüngere Frau die Tür der Nachbarwohnung öffnete. Helga hatte wie selbstverständlich deutsch gesprochen. Die junge Frau warf einen erschreckten Blick ins Treppenhaus und hielt den Zeigefinger vor die Lippen, während sie mit der anderen Hand nach unten deutete.

„Ach das freut mich aber. Kommen sie doch herein," antwortete sie auf polnisch und zog Helga in die Wohnung.
„Wir müssen vorsichtig sein," flüsterte sie und schloss die Tür.
„Hier im Haus werden wir ständig bespitzelt. Lassen sie uns lieber polnisch reden. Ziehen sie allein mit ihren beiden Kindern hier ein?"
Helga fühlte sich geschmeichelt. „Das sind meine Enkelkinder. Herbert ist jetzt fast acht und Theresia ist im letzten Monat sechs geworden."
„Was? Ihre Enkelkinder? Da habt ihr aber eine junge Oma Kinder!" Die Frau klatschte in die Hände.
„Sechs Jahre – das ist toll. Maria, komm doch mal! Wir haben Besuch. Schau, das ist Theresia und der Herbert!" Ein kleines, schüchternes Mädchen mit pechschwarzen Haaren kam aus dem hinteren Zimmer.
„Maria ist fünf. Sie war bisher das einzige Mädchen im Haus. Aber nun ist ja die Theresia da. Das freut uns. Stimmt 's Maria?" Die Kleine nickte stumm und drückte sich mit dem Rücken an die Wand.

113

„Sie ist sehr verschüchtert, die Kleine. Aber wen wundert das – nachdem was sie alles erleben musste..." Die junge Frau senkte ihre Stimme.

„Wissen sie, ich wehre mich schon nicht mehr bei Vergewaltigungen! Ich halte schön still – da kommt man am Besten weg! Aber das Kind hat es halt jedes Mal mitgekriegt. Und jetzt – ich glaube ich bin von so einem Polen schwanger! Was soll ich bloß meinem Mann sagen, wenn er aus dem Krieg heimkommt?"

Helga zuckte mit den Schultern. Überall Not und Elend – wo man auch hinschaute.

„Ist ihr Mann auch in Kriegsgefangenschaft? Meiner ist in Russland! Ich hoffe, dass er noch lebt. Seit dreizehn Monaten habe ich nichts mehr von ihm gehört..."

„Nein, in Kriegsgefangenschaft ist Johann nicht. Aber die Miliz hat ihn vor einem Monat abgeholt. Ich weiß nicht, wo er ist!"

„Hier im Haus wohnen nur Frauen und Kinder. Es wird Zeit, das endlich ein Mann einzieht. Ständig treiben sich Polen hier herum und belästigen uns. Seit Januar sind wir anscheinend Freiwild..."

Helga verabschiedete sich und ging. ‚Das kann ja heiter werden', dachte sie im Treppenhaus. Bedrückt ließ sie das Haus hinter sich und trieb die Kinder zur Eile an, um noch vor der Dämmerung nachhause zu kommen.

Der Pfarrer hielt sein Wort. Nicht nur, dass die Simons regelmäßig mit Lebensmitteln versorgt wurden. Er besorgte auch zwei Männer, die ihre neue Wohnung in den nächsten Tagen bewohnbar machten. Da an Farbe oder gar Tapeten nicht zu denken war, kalkten die beiden Polen die Wände weiß. Selbst Fensterglas zur Reparatur der Fenster trieben die beiden auf. Mit einem Pferdefuhrwerk wurden die wenigen Habseligkeiten der

Simons quer durch die Stadt zur neuen Bleibe transportiert. Am Abend brachten die beiden Männer eine Fuhre Brennholz, das der Pfarrer in der Gemeinde hatte sammeln lassen. In den Zeiten der Not waren die Menschen enger zusammen gerückt. Hilfe und gegenseitige Unterstützung waren zu einer Selbstverständlichkeit geworden.

Die Simons richteten sich in ihrem neuen Domizil ein. An die Rationierung von Strom und Wasser war man schon lang gewöhnt. Während das Wasser den ganzen Tag aus den Leitungen floss und nur in der Nacht abgestellt wurde, gab es elektrischen Strom nur einige Stunden am Tag zu festgelegten Zeiten. Aber da gab es wohl Schlimmeres....

Eine seltsame Stimmung hatte sich in Oppeln breit gemacht. Die Deutschen hatten Angst vor den Polen und die oberschlesischen Polen fürchteten sich vor der Denunziation als Kollaborateure mit den Deutschen. Die Miliz war allgegenwärtig. Unberechenbar, willkürlich und meistens skrupellos. Peinlich war man darauf bedacht, kein deutsches Wort zu verlieren.
Besonders gefährdet waren die Besitzenden , denn sie weckten die Begehrlichkeit mancher Nachbarn. So wurde vor allem den Eigentümern attraktiver Häuser und Grundstücke die Ausreise in die Besatzungszonen nahe gelegt.
‚Nutzlose Deutsche' – Beamte, Lehrer, Unternehmer wurden nach Deutschland ausgewiesen.
Ein einziger Hinweis missgünstiger Nachbarn reichte der Miliz aus, um Verhaftungen vorzunehmen. In einem gesetz –und rechtslosen Raum gilt das Recht des Stärkeren!
Mit aller Schärfe achtete die Miliz darauf, dass deutsche Straßenschilder, deutsche Bezeichnungen – kurz – jeder

deutsche Buchstabe verschwand. Der Unsinn trieb herrliche Blüten! Selbst wertvolles Kristall oder Porzellan mit deutschem Werbezeichen auf den Rückseiten musste zertrümmert werden. Mit ständigen Kontrollen und Durchsuchungen wurden nicht nur die deutschen, sondern auch die polnischen Oberschlesier schikaniert.

Der Schulunterricht war bereits am 1. Mai 1945 wieder aufgenommen worden. Da die Schwoijka-Kinder jedoch nicht in Oppeln registriert waren, fiel ihr Fernbleiben zunächst nicht auf.
Das änderte sich jedoch nach dem Umzug der kleinen Familie. Schon wenige Wochen später erhielt Helga Simon die Aufforderung , die Kinder Josep und Teresia Schwoijka' ab dem 1. Oktober 1945 am Unterricht der polnischen Schule teilnehmen zu lassen.
Durch Intervention des Pfarrers gelang es Helga schließlich, die Einschulung Theresias bis zum Frühjahr des nächsten Jahres aufzuschieben. Herbert jedoch blieb der ungeliebte Gang zur neuen Schule nicht erspart. Theresia wurde auferlegt, die ‚Djetskaja schkola' – die Vorschule zu besuchen.

„Mein Name ist Kowieczki. Ich bin im Sommer aus Rowno hierher gekommen. Sie wissen vielleicht, das Rowno nun zur Sowjetunion gehört. Ich führe hier den Unterricht für die dritten und vierten Klassen. Und zwar ausschließlich in der polnischen Hochsprache."
Der Lehrer wendete sich an Herbert.
„Hast du Probleme damit Josep?"
Herbert starrte den Mann mit den ergrauten Haaren hilflos an und warf einen bittenden Blick zu seiner Großmutter hinüber, die an der Wand des langen

dunklen Ganges des Schulhauses lehnte. Helga sprang ihm sofort bei.

„Nun, die Kinder sprechen das schlesische polnisch, wenn sie wissen was ich meine. In Herberts früherer Schule wurde nur in deutsch gelehrt. Die polnische Schrift beherrscht er nur schlecht."

Der Lehrer stöhnte auf.

„Noch einer mehr! Aber wieso Herbert – er ist doch unter dem Namen Josep Schwojka eingeschult worden?"

„Nun, ein russischer Offizier hat dem Jungen Papiere ausgestellt und ihn kurzerhand zu einem ‚Josep' gemacht."

„Ein sehr kluger Mann dieser Russe," nickte der Lehrer verstehend. „Diesen Namen werden wir auch beibehalten. Nicht wahr Josep?"

Er fasste den jungen Schwojka an der Schulter.

„Wir werden schon klar kommen wir zwei. Wenn du artig und gehorsam bist und immer gut aufpasst, geraten wir nicht aneinander. Wissen sie Frau Simon, in Joseps Klasse sind mehr als vierzig Kinder. Ein Viertel der Schüler beherrscht das hochpolnische nur schlecht. Es ist ein mühseliges Vorankommen. Aber es wird schon werden. Die deutschstämmigen Schüler mussten übrigens alle ihre deutschen Vornamen ändern! Anweisung vom Schulkuratorium! Es gibt also einige Joseps, Marias und Apolonias in der Klasse."

Er beugte sich näher an Helga heran und senkte seine Stimme.

„Ich persönlich halte das alles für Unsinn und weit überzogen. Natürlich, dass in einem zukünftigen neuen Polen alle polnisch sprechen sollten, halte ich für selbstverständlich. Aber doch nicht mit der Brechstange! Das erzeugt doch nur wieder neuen Hass und Vorbehalte."

Der Lehrer nahm seine Brille ab und hauchte auf die Gläser. Sorgfältig polierte er nun die Linsen mit einem großen Taschentuch.

„Frau Simon, ich habe nichts gegen Deutsche – wenn sie nicht gerade Faschisten sind. Unsere russischen Befreier haben die Polen jenseits des Bug nach der Besetzung 1939 auch nicht viel besser behandelt. Was meinen sie, wie viel Männer und Frauen damals einfach verschwunden sind! Aber darüber darf man natürlich nicht laut reden – jetzt jedenfalls noch nicht! Wir Polen sind ein unglückliches Volk. Seit Jahrhunderten immer nur fremde Herren, Unterdrückung und Ausbeutung. Lassen sie uns nun auf ein freies und unabhängiges Polen hoffen. In diesem Sinn werde ich meine Schüler erziehen."

Er rückte noch näher an Helga Simon heran. Seine Stimme wurde fast flüsternd.

„Ich hoffe nur, dass sich die Kommunisten nicht in unserem Land breit machen. Lassen sie uns beten, dass Truman und Churchill sich der Polen erinnern!"

Lehrer Kowieczki packte Herbert am Arm.

„So junger Mann, nun lass uns mal den ersten Unterrichtstag für dich beginnen."

Er zog Herbert hinter sich her zur Tür des Klassenzimmers. Bevor er die Tür öffnete, schaute er nochmal zur Helga zurück.

„Nächstes Jahr Frau Simon, sieht die Welt für uns schon wieder heller aus. Wir werden es schon schaffen. Noch ist Polen nicht verloren!"

Herbert war wenig begeistert, als er am Nachmittag von seinem ersten Schultag berichtete.

In seiner Schule bildeten deutsche Kinder die Minderheit der Schüler. Polnische Schlesier und Neuankömmlinge aus dem polnischen Osten beherrschten den Schulhof. Die deutschen Schüler wurden beschimpft, verprügelt und was den Kindern besonders weh tat – sie wurden isoliert. Die Lehrer ergriffen natürlich Partei für die polnischen Schüler, schon um keine persönlichen Konsequenzen in Kauf nehmen zu müssen.

Theresia hatte es da schon besser getroffen. Zwar durfte auch in der Vorschule nur polnisch gesprochen werden, aber auch das ‚schlonsakische' ging als polnisch durch. Sie war die einzige Deutsche in der Vorschule. Wenn es gar nicht mehr weiterging erlaubte ihr die Leiterin, die seit dreißig Jahren in Oppeln lebte, deutsch zu sprechen.

Herbert tat sich sehr schwer mit der Gewöhnung an den Schulalltag. Er hatte jeden Morgen Bauchschmerzen, wenn er sich auf den Weg zur Schule machen musste. Ihm fehlte das Leben auf dem Hof, ihm fehlten die Tiere – besonders aber fehlte ihm der Großvater!
Seine Schwester hingegen nahm alles gleichmütig hin. Sie zeigte überhaupt keine Emotionen. Weder Freude noch Ablehnung! Theresia sprach wenig und schlief viel! Es war nicht selten in diesen Wochen, das sie sich bereits am Nachmittag ins Bett verkroch und schlief bis zum nächsten Morgen.
Am 1. November hatte Herbert schulfrei. Dies hatte der Schulleiter auf eigene Verantwortung veranlasst. Statt dessen war Kirchgang angesetzt. Was die neue polnische Verwaltung davon hielt, interessierte die Oberschlesier nicht – denn eines hatten Polen und Deutsche gemeinsam: Sie waren katholisch!

Es war wieder kalt geworden in Oberschlesien. Der einzige heizbare Raum in der Wohnung der Simons war die Küche. Hier stand der Küchenherd, der mit Holz beheizt wurde und dessen Platte rot zu glühen begann, wenn man tüchtig einheizte. Besondere Wärme verbreitete er, wenn man zusätzlich die Klappe der Backröhre öffnete.

Ob erlaubt oder nicht, Helga hatte in den Oktoberwochen mit den Kindern und einigen Nachbarsfrauen einige Obstbäume am Stadtrand geplündert. Man musste einfach nur schneller sein als die in Scharen auftretende Konkurrenz. Nun genossen sie die Früchte dieser gefahrvollen Stunden. Zwetschgen wurden langsam auf einem Blech in der Backröhre getrocknet und verbreiteten einen köstlichen Geruch. Die erbeuteten Äpfel wurden in dünne Ringe geschnitten und auf zwei Leinen über dem Herd zum Trocknen aufgehängt.

Da es nun schon wieder früh dunkelte und der elektrische Strom mal wieder abgestellt war, hatte Helga einige Kerzen in der Küche aufgestellt und den Ring der Herdplatte abgenommen, damit der Feuerschein ein wenig Licht spenden konnte. Zwar biss der herausziehende Rauch ein wenig in den Augen, aber neben dem Licht spendete das offene, flackernde Feuer auch eine gemütliche und warme Atmosphäre.

Nach langen Bemühungen und mit viel Überredungskunst hatte Helga Simon einen Korb voll ungefärbter Wolle von einer früheren polnischen Nachbarin erworben. Ihre goldene Halskette, ein Geschenk von Mechthild, hatte die Polin schließlich überzeugt. Die Wolle würde für einige Pullover, Handschuhe und Mützen ausreichen. Schließlich hatten die Kinder ja so wenig Kleidung. Außerdem ergab so ein Pullover immer ein schönes Weihnachtsgeschenk.

Helga beschäftigte sich mit ihrem Strickzeug während Herbert und Theresia am Küchentisch saßen und lesen übten. Unversehens hob Helga den Kopf und lauschte.

Aus dem Treppenhaus erklangen laute Stimmen. Die Frauenstimme klang ziemlich verzweifelt.
Unheil ahnend griff Helga Simon zu dem eisernen Feuerhaken, der am Ofenkranz hing. Entsprechend bewaffnet schritt sie entschlossen zur Wohnungstür und riss die Tür zum Treppenhaus auf.

„Lass mich gehen du Schwein! Verschwinde!" Im dunklen Treppenhaus hörte sie die keuchende Stimme von Katharina, ihrer Nachbarin. Helga erkannte im Zwielicht, dass ein Mann die junge Nachbarin an die Wand des Treppenhauses gedrückt hielt. Ihr Kleid war aufgerissen und der Kerl hatte beide Hände an den Brüsten der hilflosen Frau.

„Lass sofort die Frau los du Schwein, sonst haue ich dir den Haken über den Kopf," hörte sich Helga schreien. Wutschnaubend ging sie auf den fremden Mann los. Der Bursche ließ sein Opfer fahren, drehte sich blitzschnell um und packte Helgas Handgelenk.
„Na gut, dann werde ich es halt dir erst besorgen," knurrte er auf polnisch.
„Eine nach der anderen! Ihr Nazihuren kommt alle dran!"
Mit der linken Hand drückte der Pole Helga die Kehle zu, während die Rechte unter ihren Rock und brutal zwischen ihre Beine fuhr. Helga gab gurgelnde Laute von sich und ließ den Schürhaken polternd zur Erde fallen.

Plötzlich sah sie aus den Augenwinkeln eine Hand im Dunkeln erscheinen, die den Angreifer an der Schulter packte und zurück riss. Eine zweite Hand folgte! Wie von Geisterhand wurde der Pole angehoben. Im hohen Bogen flog er das Treppenhaus hinunter!

„Wenn du dich noch einmal hier blicken lässt du erbärmlicher Mistkerl – dann erschlage ich dich!" tönte eine dunkle, grollende Stimme im feinsten polnisch dröhnend durch das Treppenhaus.

Helgas Herz machte einen Sprung.

„Johann ... Johann! Du...?"

„Ich habe es endgültig satt Helga! Diese ständige Willkür. Diese Schikanen und Ungerechtigkeiten – ich habe einfach keine Lust mehr! Heimat hin, Heimat her! Lass uns gehen Helga! Lass uns in den Westen gehen. Schlimmer als hier kann es doch da auch nicht sein. Die Polen geben nicht eher Ruhe, bis sie uns alle weg geekelt haben!"

„Aber wohin Johann? Wohin sollen wir denn gehen? Wo Mechthild gelandet ist, wissen wir nicht. Ja, wir wissen noch nicht einmal, ob die beiden überhaupt noch leben! Und wenn man die Berichte der Leute hört, die über die Oder zurück gekommen sind – drüben in der Besatzungszone muss es noch jämmerlicher sein. Es gibt nichts dort – aber auch gar nichts! Am allerwenigsten Essen! Willst du, dass deine Enkelkinder verhungern?"

„Sicher Helga, du hast ja recht! Hungern müssen wir nun nicht gerade. Das ist aber kein Verdienst der Russen oder der Polen, sondern ganz allein der Oberschlesier! Gott sei Dank haben wir keine Großstädte, die wir mitfüttern müssen. Aber es geht doch nicht nur ums Essen Helga! Die ständige Angst um die Freiheit, um das Leben und um deine Würde als Frau..."

Johann schaute mit seinen tiefliegenden Augen seine Frau besorgt an.

„Kann ich sicher sein, dass sie mich nicht schon morgen wieder abholen und irgend wohin verschleppen? Außerdem habe ich mich an einem Polen vergriffen..."

Er trat zum Herd und rieb sich die Hände über der warmen Herdplatte. Die Kinder schliefen bereits im Nachbarraum.

„Du kannst dir nicht vorstellen Helga, was ich erlebt habe. Nie wieder sage ich dir! Nie wieder! Und dabei erging es mir noch ganz gut – viel besser jedenfalls als den meisten anderen. Es ist immer noch unfassbar für mich, wie Menschen so etwas überhaupt überleben können. Diesen fürchterlichen Hunger, diesen Schmutz, das ständige Gequäle und das eingesperrt sein. Es ist einfach unvorstellbar! Nein Helga, gerade weil wir an die Kinder denken müssen, dürfen wie hier nicht bleiben!"

„Aber wie stellst du dir das denn vor Johann? Russen und Polen haben die Grenzen dicht gemacht. Wir sind jetzt in Polen, ob uns das passt oder nicht!"

„Keine Flucht Helga – nicht mit den kleinen Kindern! Nein, ich gehe in den nächsten Tagen ganz einfach zur Verwaltung – ganz offiziell – und erbitte unsere Ausreise. Man kann uns ja nun nicht zwingen, in Polen zu bleiben. Ich will auch nicht in die russische Zone. Wir versuchen, in eine der Westzonen zu kommen!"

Helga Simon schwieg. Ein Leben außerhalb Schlesiens hatte sie sich bisher nicht vorstellen können. Aber war das überhaupt noch Oberschlesien? Es war jedenfalls kein ‚schlesisches Himmelreich' mehr!

Noch in der gleichen Woche erschien Johann Simon bei der Verwaltung der Woijwodschaft Oppeln. Sein Antrag auf Ausreise wurde wortlos entgegen genommen.

Die Akte aus Lamsdorf lag auch hier wieder auf dem Tisch. Der polnische Amtsträger blätterte interessiert darin herum.

„Herr Simon, wir haben Arbeit für sie. Viel Arbeit! Melden sie sich am Montag auf der Werft. Die dürfte ihnen ja bestens bekannt sein. Sie dürfen wieder Schiffe bauen Herr Simon. Ihren Antrag werde ich weiterleiten. Bitte kommen sie doch morgen wieder hier vorbei und bringen sie ihre Frau mit. Wir werden ihnen neue Ausweispapiere ausstellen. Dann sind sie zunächst einmal provisorisch polnischer Staatsbürger. Mit der Ausreise hat das nichts zu tun!"

Das war's! Schon am nächsten Tag wurden die beiden Simons fotografiert und mussten einen Antrag unterschreiben. Damit hatte sich für die Simons die so genannte „polnische Option" erledigt.

Die polnisch sprechenden Oberschlesier konnten in dieser Option selbst entscheiden, ob sie Deutsche bleiben oder polnische Staatsbürger werden wollten. Entschieden sie sich für Ersteres, mussten sie Schlesien umgehend verlassen.

Von ‚Option' war bei den Simons allerdings keine Rede. Als Johann Simon ihre neuen Ausweise abholen durfte, machte er eine seltsame Feststellung: Aus seinem Namen war ein Johann Simonek und aus seiner Helga eine ‚Agniäszka Helga Simonek' geworden.

In der folgenden Woche nahm Johann Simon seine Arbeit auf der Werft auf. Wenigstens hier fühlte er sich noch wie in seinem ‚alten Oberschlesien'.

Auch Helga bekam wenig später eine Arbeit zugewiesen. Sie begann fünf Stunden täglich in einer kleinen Schuhfabrik zu arbeiten, die Stiefel und Schuhwerk für die „sowjetischen Befreier" herstellte. Die Haushaltskasse begann langsam wieder zu klingen. Nicht nur für die Simons normalisierte sich allmählich die Situation. Auch für die anderen Familien des Hauses verbesserten sich die Umstände. Mit der Rückkehr Johann Simons war Ruhe und Sicherheit in das Mietshaus eingezogen.

Vor Weihnachten 1945, dem ersten Nachkriegsweihnachten, erhielten die ‚Simoneks' ein amtliches Schreiben der Woijwodschaft Opole. Ihr Antrag auf ‚Ausfahrt nach Deutschland' war ohne Begründung abgelehnt worden!

Anna Selbdritt

Ihren Empfindungen folgend, hatte sich Theresia über Tage gegen den Besuch des Hofes, des Ortes ihrer frühen Kindheit, gewehrt. Alles in ihrem Inneren sträubte sich dagegen. Schließlich jedoch gab sie dem Drängen ihres Sohnes, besonders aber den Bitten des Enkelkindes nach.

Zu ihrem eigenen Erstaunen jedoch betrat sie den kleinen Bauernhof am Fuß des Annaberges trotz aller Befürchtungen vollkommen emotionslos. Nichts erinnerte sie hier an die Bilder, die sie in sich trug. Die Hofstelle hatte sich vollkommen verändert. Nur der Brunnen neben dem Hoftor erinnerte sie dunkel an ihre Kinderjahre und natürlich – der Blick auf den Annaberg...

Selbst Tomas blieb von der Ergriffenheit der Frau nicht unberührt als sie endlich den ‚heiligen Berg' der Oberschlesier erreichten und Theresia vor dem Bildnis der heiligen Anna und ihrer Tochter Maria mit dem Jesuskind in die Knie sank.

Schweigend folgten sie alle Lothars Aufforderung, die Mutter in ihren Gedanken vor der Gebetsstätte allein zu lassen.

Durch der Schilderungen seiner Mutter hatte sich Lothar den Annaberg anders vorgestellt.

Statt einer stillen Pilgerstätte fanden sie eine von Besuchern und Fotos schießenden Touristen wimmelnde ‚Kleinstadt' vor. Der eigenartigen Atmosphäre, man könnte fast sagen der Magie dieser Pilgerstätte, konnte sich aber auch Lothar Langbein nicht entziehen. Schließlich ließ er sich neben Tomas auf einer Bank nieder und blinzelte nachdenklich in das helle Sonnenlicht hinein.

„Meine Mutter hat oft von dem Bildnis der Anna Selbdritt gesprochen. Weißt du vielleicht Tomas, wo dieser Name herkommt?"

„Tja Lothar, dieser Ausdruck war mir lange Zeit unbekannt. Das ist wohl eine rein deutsche Bezeichnung. Durch Zufall hat mich in Prudnik ein deutscher Kunststudent aus Heidelberg darüber aufgeklärt."

Tomas nahm einen tiefen Zug Mineralwasser und schloss die Flasche bedächtig.

„Er saß damals wie wir jetzt auf einer Parkbank in der Sonne. Er war dabei, ein Bild von Leonardo da Vinci zu kopieren. Du kennst ja inzwischen meine Begierde, deutsch zu sprechen! Auf meine Frage antwortete mit der Maler, er würde das Bild der heiligen Anna selbdritt interpretieren. Der Ausdruck war mir absolut nicht geläufig – der junge Künstler musste mich daher aufklären. Also, Anna selbdritt ist kein Name, sondern ist im Deutschen ein veralteter Ausdruck für ‚zu dritt'. Die Darstellung von Anna und ihrer Tochter Maria mit dem Jesuskind nennt man Anna selbdritt – Anna zu dritt!

Seit diesem Gespräch weiß ich auch, dass die Darstellung Mariens mit ihrem Kind auf dem Schoß ‚Maria selbander' genannt wird. Selbander ist ein alter deutscher Ausdruck für ‚zu zweit'!"

Tomas warf einen Seitenblick auf Lothar Langbein.

„Weißt du Lothar, ich bin zwar Katholik, aber ich mache mir schon meine Gedanken über das, was ich eigentlich bedingungslos glauben sollte. Trotz meines Forschens habe ich die ‚Mutter Anna' mit keiner Silbe im Neuen Testament gefunden. Hier auf dem Annaberg habe ich darüber vor gar nicht langer Zeit mit einem polnischen Theologen diskutiert. Eine befriedigende

Erklärung konnte mir der allerdings auch nicht liefern. Man nimmt aber heute an, dass die Mutter Anna, wie so viele Heilige der katholischen Kirche, aus dem Volksglauben entstanden ist. Sie ist wohl eine Erinnerung an die alte keltische Göttin Anu. Ein Gemisch also aus der heidnischen Vorstellungswelt und dem neuen Christenglauben – wie man ihn im Grund überall in der christianisierten Welt antrifft. Aber ohne diese ‚Friedensangebote', diese ‚Übergangshilfen' hätte das Christentum wohl kaum einen solchen Erfolg gehabt!"

Tomas stockte einen Augenblick. Er war sich nicht sicher ob er fortfahren sollte.

„Da hast du allerdings recht Tomas," nahm Lothar den Faden auf. „Wer sich mit dem Christentum kritisch auseinander setzt, trifft überall auf Traditionen und Figuren, die aus einer vorchristlichen Zeit übernommen worden sind. Aber wie hätte sich das Christentum anders durchsetzen sollen? Ein vorhandenes Weltbild vollkommen zerstören? Selbst Theologen sind immer auch Kinder des Zeitgeistes! Eine Kirche, die zweitausend Jahre auf dem Buckel hat, muss halt immer wieder Kompromisse eingehen."

„Ist das so entscheidend Lothar?" Tomas wischte sich die Schweißperlen von der Stirn. Die Sonne brannte erbarmungslos vom wolkenlosen Himmel herab.

„Glaube ist keine Frage des Verstandes, sondern des Herzens! Verstand entzweit oft, der Glaube aber verbindet die Menschen. Der Glaube an einen Gott und eine bessere Welt hält Menschen auch dann noch aufrecht, wenn der Verstand schon längst an seine Grenzen geraten ist. Dabei spielt es überhaupt keine Rolle, ob Gott nun die Menschen, oder die Menschen Gott geschaffen haben!"

Die beiden Männer saßen eine Weile schweigend nebeneinander auf der Bank und beobachteten Christa und Martin, die sich intensiv mit den Angeboten eines Andenkensladens beschäftigten.

„Es ist für mich auch bezeichnend," begann Tomas erneut, „das der Annen-Kult besonders in der Zeit der Reformation so rasanten Anklang fand. An der Amtskirche wurde heftig gerüttelt, die Dekadenz der hohen kirchlichen Würdenträger nahm selbst der ärmste Bauer wahr. Der Gott, den Rom damals predigte, war ein strafender, ein unnahbarer Gott. Weit entfernt von den Nöten und Sorgen des einfachen Volkes. Die Menschen, die tief im Volksglauben verwurzelt waren, suchten sich Mittler, die ihre Probleme kannten und verstanden.
Die Mutter Anna war der Legende nach drei Mal verheiratet. Eine erfahrene Gattin eben, Liebhaberin, Mutter und Witwe. Mit anderen Worten – sie war menschlich, allzu menschlich!
Ihr konnte man sich anvertrauen mit den menschlichen Nöten, viel besser jedenfalls als der jungfräulichen Maria oder anderen entrückten Heiligen. Kein Wunder also, dass man sich bei sexuellen Problemen, Frauenkrankheiten, ungewollten Schwangerschften und so weiter an Mutter Anna wandte! Sie musste das ja alles selber kennen und würde verstehen...!
Ich glaube Lothar, dass gerade diese „menschlichen Heiligen" der katholischen Kirche in Zeiten des Zweifelns und der Zerrissenheit sehr geholfen haben."

Theresia war mittlerweile an die beiden Männer heran getreten. „Na ihr zwei, habt ihr euch gelangweilt? Ist es nicht merkwürdig, dass ich mir hier auf dem Annaberg plötzlich wieder zuhause fühle? Es kommt mir vor, als wäre ich nie weg gewesen! Jetzt weiß ich plötzlich, was ich in den letzten fünfzig Jahren so vermisst habe: Es war der Annaberg!"

Sie ließ sich ebenfalls auf der Bank nieder und legte ihren Arm um die Schulter ihres Sohnes.

„Ach Lothar, ich bin so froh, dass wir uns entschieden haben, nach Polen zu fahren. Ohne dich hätte ich mich wahrscheinlich nie aufgerafft. Ich kann mir einfach nicht erklären, warum ich solche Angst vor diesem Wiedersehen hatte! Danke Lothar – ich danke dir von ganzem Herzen."

Sie drückte ihren Sohn an sich und blickte zufrieden Martin entgegen, der quer über den Platz gelaufen kam.

„Oma, wir haben Hunger! Außerdem will ich noch in das römische Theater da hinten."

Theresia sah ihren Enkel verdutzt an und hörte neben sich Tomas fröhliches Lachen.

„Das ist zwar kein römisches Theater Martin, aber immerhin ein Theater – wenn man so will!"

„Ah, jetzt verstehe ich was ihr meint!" Theresia erhob sich von der Bank.

„Ihr meint den alten Steinbruch! Na dann lasst uns mal aufbrechen. Außerdem lieber Martin...," Theresia schmunzelte, „... wenn ich richtig gerochen habe, gibt es selbst auf dem Annaberg Currywurst und Pommes Frites !»

« Wisst ihr eigentlich, was heute für ein Tag ist ? »
Tomas warf einen fragenden Blick auf die kauenden
deutschen Gäste.

„Heute ist der 12. August – ein denkwürdiger Tag in der
oberschlesischen Geschichte. Vor vierundachtzig
Jahren, auf den Tag genau, ist der Oberste Rat des
Völkerbundes zusammengetreten, um über die
oberschlesische Frage zu beraten. Ohne die Vermittlung
des Völkerbundes wäre es früher oder später zu einem
offenen bewaffneten Konflikt zwischen Polen und
Deutschland gekommen. Die polnische Regierung
wollte unter allen Umständen den Anschluss
Oberschlesiens an Polen. Das Militär stand Gewehr bei
Fuß.

Wahrscheinlich wären sich deswegen auch England und
Frankreich in die Haare geraten, denn Frankreich
unterstützte die polnische Forderung, während die
Engländer ganz Oberschlesien in Deutschland belassen
wollten. Die britische Wirtschaft verlangte damals
lautstark eine Wiederherstellung der vollen
Leistungskraft der deutschen Wirtschaft zum Wohle
ganz Europas – das oberschlesische Revier war dazu
unbedingt notwendig.“

Tomas schob sich den letzten Zipfel seiner Bratwurst in
den Mund und kaute genüsslich.

„Also – der Oberste Rat hat sich damals elegant aus der
Affäre gezogen: Er setzte eine Kommission ein, welche
die Grenzen Oberschlesiens festlegen sollte. Die
Kommission bestand übrigens aus einem Belgier, einem
Brasilianer, einem Chinesen und einem Spanier. Keiner
von diesen Burschen hat jemals einen Fuß auf
schlesischen Boden gesetzt. Ausgerechnet diese Herren
erarbeiteten einen oberschlesischen Teilungsplan. Am
20. Oktober 1921 nahm der Völkerbund den Vorschlag

der Kommission an. Der in Polen und in Deutschland berüchtigte ‚Genfer Entscheid', der dann zur oberschlesischen Teilung führte."

Christa wühlte sich beinahe entsetzt in den Haaren. „Sag mal Tomas, gibt es irgend etwas in der Geschichte Schlesiens, was du nicht weißt? Du bist ja ein wandelndes Geschichtsbuch!"

Tomas zuckte mit den Schultern. „Lesen bildet! Und was mich interessiert, behalte ich auch in meinem Kopf. Übrigens ist damals aus Protest über den Teilungsentscheid die deutsche Reichsregierung zurück getreten."

„Kinder," meldete sich Theresia, „heute vor fünfzig Jahren ist noch etwas passiert! Also ich weiß nicht genau ob es der zwölfte war, jedenfalls war es Mitte August. Vor fünfzig Jahren im August, haben wir Oppeln – haben wir Oberschlesien verlassen um in die Bundesrepublik zu gehen...“

Die Ausfahrt

Die Hoffnungen der deutschen Schlesier und vieler Polen, die auf die Potsdamer Konferenz gesetzt wurden, erfüllten sich nicht.

Die westlichen Alliierten entsprachen den Forderungen Stalins und denen in Jalta und Teheran getroffenen Vereinbarungen. Die Sowjets hatten bis zum Ende der Konferenz längst vollendete Tatsachen geschaffen. Die deutschen Reichsteile östlich von Oder und Neiße wurden nun auch offiziell unter „polnische Verwaltung" gestellt. Der nördliche Teil Ostpreußens wurde Teil der Sowjetunion – genau so, wie der Ostteil Polens jenseits des Bugs.

Die „humane" Umsiedlung der deutschen Bevölkerung, die bereits vor der Konferenz begonnen hatte, bekam nun das völkerrechtliche Siegel.

Die bürgerlich-demokratische polnische Exilregierung in London wurde von Stalin nicht akzeptiert. Statt dessen installierte man eine kommunistische Regierung in Warschau. Die so sehnsüchtig erwartete Freiheit der Polen blieb ein Wunschtraum. Die polnische Volksrepublik wurde ein Sattelitenstaat der Sowjetunion.

Der von Churchill prophezeite „Eiserne Vorhang" senkte sich auf Europa. Die Grenze des Grauens durchschnitt Mitteleuropa von der Ostsee bis zur Adria. Stalins Wort galt nun von der Elbe bis zur Beringsee. Das größte Reich der Weltgeschichte!

Gleichzeitig hatte die gewaltigste Völkerwanderung aller Zeiten begonnen.

Sie sollte fast fünf Jahre andauern!

Abermillionen von Deutschen und Polen, Litauern, Esten, Letten, Finnen, Ukrainer und Ungarn mussten sich auf den Weg machen in eine neue Heimat – in eine ungewisse Zukunft!

Millionen erreichten ihr Ziel nie – und trotzdem: Der gequälte und verwüstete Kontinent nahm die Wandernden auf! Trotz Elend und Hunger machte sich eine Welle der Menschlichkeit und Solidarität in den aufnehmenden Ländern breit.
Tatsächlich führten die im Potsdamer Protokoll festgeschriebenen ‚humanen' Umsiedlungen und die damit verbundenen internationalen Kontrollen dazu, dass die Zwangsaussiedlungen der Deutschen ab Anfang 1946 wesentlich geordneter abliefen als in den Wochen und Monaten vor der Konferenz. Aber auch die Kontrolle konnte Verbrechen und Übergriffe an der deutschen Zivilbevölkerung nicht völlig verhindern.

Langsam normalisierte sich die Lage in Oberschlesien. Die verbliebene deutsche Bevölkerung arrangierte sich mit den zugewanderten Polen aus Ost – und Zentralpolen. In gewisser Weise verband die beiden Volksgruppen sogar ein gleiches Schicksal: Sie alle waren Opfer einer unseligen Politik! Figuren, die auf dem Schachbrett der Weltgeschichte beliebig hin und her geschoben wurden.
Auch die Simons richteten sich in der neuen Volksrepublik ein. Die Versorgungslage verbesserte sich von Monat zu Monat und allmählich ließen auch die Willkürakte der Miliztruppen nach.

Die beiden ersten Jahre in der polnische Schule fielen sowohl Herbert als auch Theresia besonders schwer. Doch die Lehrer zeigten sich nachsichtig. Keines der beiden Kinder musste ein Schuljahr wiederholen. Um unnötige Schwierigkeiten zu vermeiden, sprachen die Großeltern auch zuhause überwiegend polnisch.

Johann Simon ging vollständig in seiner Arbeit auf. Es gab viel zu tun in den Nachkriegsjahren!

Die Sorgen der Simons wurden noch geringer, als sie im Sommer 1946 endlich die erste Nachricht von Tochter und Schwiegersohn aus der amerikanischen Zone erhielten.

In der Folgezeit entwickelte sich ein reger Schriftverkehr zwischen den beiden Familien. Zwar bemerkte Johann, dass die Briefe geöffnet wurden, aber was machte das schon! Schließlich hatte man nichts zu verbergen und der Briefkontakt mit der eigenen Tochter konnte ja wohl nicht verboten sein!

Ermuntert durch die guten Nachrichten aus dem Westen, stellten die Simons bereits im Frühjahr 1947 einen erneuten Antrag auf Ausreise in die amerikanische Besatzungszone.

In der Woche nach Ostern wurde Johann auf das Amt im Oppelner Rathaus bestellt.

Erwartungsvoll betrat er das Amtszimmer.

„Herr Simonek, ich begrüße sie. Nehmen sie doch bitte Platz. Wir haben hier ihren Antrag auf Aussiedelung aus der polnischen Republik vorliegen. Sie scheinen sich ja offensichtlich gar nicht wohl zu fühlen in unserem Polen. Ich sehe in ihren Akten, dass sie bereits vor zwei Jahren wegen antipolnischer Agitation in Haft waren. Herr Simonek..."

Der glatzköpfige Pole blätterte kopfschüttelnd in der vor ihm liegenden Akte herum.

„...sie machen uns große Sorgen. Als Antifaschist halten sie engen Kontakt mit ehemaligen SS-Offizieren im Westen. Was sollen wir davon halten, Herr Simonek?"

Mit wichtiger Miene blickte der Pole seinem Gegenüber forschend ins Gesicht.

„Unter diesen Umständen können wir ihrem Antrag leider nicht stattgeben. Dies geschieht besonders im

Hinblick auf ihre eigene Sicherheit Herr Simonek und natürlich auch aus Sorge um die ihnen anvertrauten Kinder. Im Rahmen der Entnazifizierungsprogramme in den deutschen Westzonen haben wir selbstverständlich Amtshilfe geleistet und den amerikanischen Behörden unser Wissen über die schändlichen Missetaten ihres Schwiegersohnes bekannt gegeben."

Johann Simon durchfloss ein kalter Schauer. ‚Mein Gott Franz – jetzt holt dich diese unselige Geschichte doch noch ein!' Mit verkniffenem Gesichtsausdruck starrte er über den Schreibtisch. Er hätte diesem Schreibtischaffen am liebsten in die Visage geschlagen.

„Im Interesse ihrer Enkelkinder Herr Simonek, fordere ich sie auf, keine weiteren Kontakte mit diesem Faschisten zu halten. Wenigstens so lange, bis die US-Behörden die ‚Angelegenheit Franz Matjewski' geklärt haben. Sie wollen doch sicher nicht, dass wir ihre Enkelkinder in einem Heim unterbringen müssen, oder?"
Versteinert und vollkommen eingeschüchtert machte sich Johann wieder auf den Heimweg.

Schon wenige Tage später erhielten sie Mechthilds Nachricht. Franz war von den Amerikanern verhaftet und nach Kassel überführt worden. Mechthild machte ihren Eltern heftige Vorwürfe.
Sie gab ihnen die Schuld am Schicksal ihres Mannes. Dieser Brief war das letzte Lebenszeichen für viele lange Jahre.
Helga und Johann bemühten sich noch emsiger, nur nicht als Deutsche aufzufallen. Die Angst, Herbert und Theresia zu verlieren, war ihnen mächtig in die Glieder geschossen.

Trost und Zuversicht fanden die Großeltern in der Kirche. Und schon bald wurde die Gemeindearbeit für die beiden ein wesentlicher Bestandteil ihres Daseins. Hier in der Pfarrgemeinde war man unter Gleichgesinnten, hier fühlte man sich geborgen und sicher.

Ganz selbstverständlich wuchsen die Enkel in die katholischen Kinder – und Jugendgruppen hinein.

Doch nicht nur die katholische Kirche – auch die kommunistische Partei hatte ein starkes Interesse, die jungen Menschen an sich zu ziehen. Die Konflikte waren vorprogrammiert...

1949 drangen verlockende Nachrichten über die Oder nach Oberschlesien. Im Westen Deutschlands war ein neuer Staat gegründet worden und eine neue Währung war im Umlauf.

Die Läden sollten förmlich über Nacht prall gefüllt sein. Offensichtlich hatten die Entbehrungen im Westen ein Ende gefunden. Auch zwischen Elbe und Oder entstand eine neue, eine sozialistische Republik. Die Deutschen schoben die Trümmer beiseite und blickten zuversichtlich in die Zukunft. Auferstanden aus Ruinen...!

Sprunghaft stieg die Zahl der ausreisewilligen ‚autochthonen' Oberschlesier an. Auch die Simons stellten erneut einen Ausreiseantrag bei der zuständigen Behörde. Diesmal war Johann besonders zuversichtlich. Sein Schwiegersohn war ‚entnazifiziert', einer Familienzusammenführung konnte nichts mehr im Weg stehen.

Alles Hoffen und Bangen war jedoch vergeblich. Die Ausreise der Familie wurde erneut abgelehnt. Diesmal jedoch war der negative Bescheid wesentlich differenzierter.

Helga und Johann Simonek wurde die Ausreise in die Bundesrepublik gestattet. Den beiden Kindern Herbert und Theresia Schwoijka wollte der polnische Staat jedoch die Gelegenheit geben selbst zu entscheiden, ob sie in der Volksrepublik Polen oder in der Bundesrepublik Deutschland leben wollten. Diese Entscheidung konnte jedoch erst mit Volljährigkeit getroffen werden.

Resignation erfasste die Großeltern ob dieser Nachrichten. Herbert würde 1958, also in neun Jahren volljährig und Theresia zwei Jahre später. Wenn Theresia volljährig würde, wäre Johann bereits achtundsechzig Jahre alt und Helga immerhin auch schon dreiundsechzig. In diesem Alter noch ein neues Leben beginnen? Wer weiß, was in zehn Jahren wäre!

Johann und Helga schoben die Ausreisepläne weit von sich. Ohne ihre Enkelkinder würden sie auf keinen Fall gehen.

Das Thema Aussiedelung war für die Simons scheinbar endgültig erledigt!

Nach Jahren der Sprachlosigkeit hatte auch der Briefkontakt mit Mechtild und Franz wieder begonnen. Matjewskis waren inzwischen nach Frankfurt am Main umgezogen. Dort hatte Franz eine Stellung bei einem Bauunternehmen angenommen. Das Geschäft boomte. Nachdem der Traum Frankfurts, neue Bundeshauptstadt zu werden, verflogen war, entwickelte sich die hessische Großstadt zu einer Wirtschaftsmetropole.

Den Briefen aus dem Westen folgten bald die ersten Pakete, um die Verwandten in Oberschlesien ein wenig an dem neuen, bescheidenen Wohlstand teilhaben zu lassen.

1953 – einen Monat nach dem Aufstand der Bauarbeiter in Ostberlin, beendete Herbert seine Schulausbildung und begann eine Lehre als Maurer in Opole. Über eine Umsiedlung dachten die Simons nicht mehr nach. Doch im Oktober 1953 trat ein Ereignis ein, das die Lebensplanungen der Familie entscheidend ändern sollte.

Es war an einem Dienstagnachmittag, als ein Mitarbeiter der Werft im Treppenhaus vor der Wohnung der Simons erschien.

„Frau Simon, regen sie sich bitte nicht auf. Wir müssen ihnen eine schlechte Nachricht bringen. Der Johann hatte heute Mittag einen schweren Unfall. Ein umstürzendes Gerüst hat ihm beide Beine gequetscht. Er ist sofort ins Krankenhaus gebracht worden. Bitte Frau Simon, nicht aufregen! Ihr Mann lebt! Aber seine Beine sehen übel aus."

In heller Aufregung stürmten Helga und Theresia in das Opoler Krankenhaus. Dort fanden sie einen bleichen und sichtlich angeschlagenen Johann vor.

„Bitte nicht das Bett berühren," stöhnte er. „Es tut fürchterlich weh! Man hat mich zwar verarztet hier, aber die Schmerzen sind immer noch fürchterlich. Ich glaube, ich kann meine Beine nicht mehr bewegen."

Helga strich ihrem Mann zärtlich über die grauen, dünner werdenden Haare.

„Mensch Johann, was machst du denn für Sachen. Muss man denn ständig auf dich aufpassen?"

Johann verzog das Gesicht. „Na, nun werde ich wohl ein paar Wochen Urlaub im Krankenhaus machen. Zum ersten Mal in meinem Leben, dass ich in einem Krankenhaus bin."

„Lass dich mal schön gesund pflegen hier Johann. Wir brauchen dich doch! Du wirst auch jeden Tag Besuch von uns kriegen, ob dir das passt oder nicht. Unserem

Pfarrer werde ich auch Beine machen, der kann auch öfters mal vorbei sehen."

„Nun hör aber auf Helga, ich liege ja schließlich nicht im Sterben!" Ein schmerzvolles Grinsen huschte über sein Gesicht. „Diesen Gefallen tue ich euch noch nicht..."

Aus den angekündigten Wochen der Krankenpflege wurden schließlich Monate. Erst kurz vor Weihnachten konnte Johann, auf einen Stock gestützt, das Krankenhaus wieder verlassen.

Selbst nach langen Wochen der häuslichen Pflege verbesserte sich Johanns Zustand nur langsam. Es blieb eine starke Gehbehinderung. Eine langes Stehen oder Gehen kam für den einundsechzigjährigen Mann nicht mehr in Frage. Der Stock wurde von nun an sein ständiger Begleiter. Seiner Arbeit als Zimmermann konnte er unter solchen Umständen nicht mehr nachkommen.

Auf der Werft wurde er im Büro untergebracht – Büroarbeiten die der alte Handwerker absolut nicht mochte.

Im September 1954, Theresia hatte gerade ihr vorletztes Schuljahr begonnen, hatte der Himmel schließlich ein Einsehen. Aus heiterem Himmel wurden die Simons auf das Opoler Amt geladen.

„Frau Simonek, Herr Simonek, wir haben eine gute Nachricht für sie. In der Bundesrepublik wurde über das Rote Kreuz ein Antrag auf Familienzusammenführung an uns gestellt. Wir haben ihrer Akte entnommen, dass sie in den letzten Jahren mehrfach den Wunsch auf Ausreise in die BRD geäußert haben. Wenn sie ebenfalls den Antrag unterstützen Herr Simonek, liegt ihrer Ausreise und der ihrer gesamten Familie nichts mehr im Weg."

Fassungslos blickten sich Johann und Helga an. Wenn sie mit allem gerechnet hätten – damit jedenfalls nicht! Die Vorstellung nach Deutschland zu gehen, war in den letzten Jahren vollkommen aus ihren Köpfen verschwunden. Wollte man überhaupt noch in den Westen?

Sollte man jetzt noch, nach all den langen Jahren der Anpassung und Eingewöhnung, Oberschlesien verlassen? Der Heimat den Rücken kehren – jetzt, wo alles wieder in geordneten Bahnen lief?

„Diese verdammten Kommunisten," wetterte Johann auf dem Heimweg. „Einen gesunden Johann wollten sie nicht ziehen lassen! Jetzt, wo ich ein Krüppel bin – jetzt wollen sie mich abschieben. Nun will ich nicht mehr Helga. Einen Invaliden wollen unsere Landsleute im Westen auch nicht haben!"

„Lass uns die Angelegenheit in Ruhe überdenken Johann. Schließlich geht es nicht nur um uns, sondern auch um die Kinder. Die hätten doch im Westen ganz andere Möglichkeiten Johann. Wenn ich Mechthilds Briefen glauben kann, sind doch die Deutschen in der Bundesrepublik zehn Jahre weiter als wir!"

„Ja ja, ich weiß! Und die leckere Schokolade – und der gute Kakao – und der feine Bohnenkaffee aus den Paketen! Helga, die Kinder müssen im Westen genau so arbeiten wie hier in Oberschlesien. Denen fliegt doch auch nichts einfach so in den Mund. Außerdem, was soll ich denn in der Bundesrepublik anfangen? Soll ich den Kindern zur Last fallen? Für mich Helga ist das Leben doch ziemlich zu Ende. Richtig arbeiten kann ich nie mehr. Jedenfalls nicht das, was ich kann! Die werden sich im Westen freuen, einen Krüppel mehr zu haben!"

„Nun übertreibe mal nicht Johann! Du bist kein Krüppel, nur weil du ein bisschen hinkst. Du wirst im

Westen schon Arbeit finden – auch wenn du nicht mehr der Jüngste bist!"

Johann knurrte vor sich hin. „Wir müssen mit den Kindern reden. Es ist ihr Leben – sie müssen entscheiden, was sie damit anfangen wollen. Herbert wird bald achtzehn und auch Theresia ist alt genug um sich über die Tragweite einer solchen Entscheidung im Klaren zu sein."

Am Abend war die ganze Familie am Küchentisch versammelt. Für Herbert war die Ausreise sofort eine beschlossene Sache.

„Natürlich gehen wir in den Westen! Ich bin Deutscher und ich will endlich wieder unter Deutschen leben. In drei Jahren wäre ich sowieso gegangen, notfalls auch allein. Irgendwann will ich eine eigene Familie gründen Großvater – und meine Kinder sollen in Freiheit und Wohlstand groß werden und nicht in diesem... diesem Kommunistenstaat! Wir sind in diesem Jahr Weltmeister geworden und wir konnten es noch nicht einmal im Radio hören. In Westdeutschland soll es doch schon die Bildempfänger geben – die konnten die Fußballspiele sogar sehen. Ich will nach Deutschland Opa, unter allen Umständen!"

Herbert hatte in seiner Rage deutsch geredet und Johann schmunzelte über den Akzent, den sich sein Enkel im Lauf der Jahre angewöhnt hatte.

Theresia drehte ihre langen blonden Zöpfe zwischen den Fingern. Das fünfzehnjährige Mädchen hatte sich zu einer ausgesprochenen Schönheit entwickelt. Sie konnte sich vor Verehrern überhaupt nicht retten. Die junge Dame hatte bisher geschwiegen.

„Ich weiß nicht recht," begann sie langsam und bedächtig. „Ich habe hier meine Freundinnen, meine

Arbeit in der Jugendgruppe und meine Schule habe ich auch noch nicht beendet.

Einfach alles stehen lassen und gehen – der Gedanke fällt mir ganz schön schwer. Außerdem weiß ich ja gar nicht, was uns da im Westen erwartet. Vielleicht ist es ja gar nicht so schön und gut wie Tante Mechthild immer schreibt. Hier wissen wir wenigstens was wir haben – aber im Westen..."

„Was haben wir denn hier?" brauste Herbert auf. „Natürlich, du bist zwei Jahre jünger als ich. Vielleicht hast du nicht solche Erinnerungen. Aber ich Theresia – ich habe nichts vergessen, gar nichts! Ich weiß noch wie heute, was meiner Mutter und meiner Schwester angetan wurde. Und ich habe auch nicht vergessen, wie uns die Polen behandelt haben – noch vor nicht gar so langer Zeit. Selbst heute muss ich mir noch dumme Sprüche und Boshaftigkeiten anhören, nur weil ich Deutscher bin!"

„Aber hier ist doch unser zuhause Herbert. Hier kennen wir doch jeden Stein! Und der Annaberg – wir könnten nie mehr auf den Annaberg..."
Theresias Stimme klang weinerlich. Der Annaberg – mehrmals im Jahr begab sich die Familie zur Wallfahrtsstätte, die mittlerweile zum polnischen Nationalheiligtum geworden war.

„Ihr müsst euch ja nicht heute Abend entscheiden," schaltete sich Helga vermittelnd ein.
„Denkt in Ruhe darüber nach. In einem hat Herbert allerdings recht Theresia: Im Westen hättet ihr beide wesentlich mehr Möglichkeiten als hier! Dort in der Bundesrepublik steht euch die ganze Welt offen, aber hier..." Helga senkte die Stimme und flüsterte „ hier

steht euch der Weg nach Sibirien offen, wenn ihr den Mund zu weit aufreißt!"

Die kleine Familie schob die Entscheidung monatelang vor sich her. Weihnachten verging, das zehnte Nachkriegsjahr begann. Immer wieder wurde über die Ausreisepläne heiß diskutiert – aber zu einer endgültigen Entscheidung konnte man sich nicht aufraffen. Das Leben der Simons nahm weiter seinen gewohnten Verlauf...

In der Nacht zum Karfreitag fand in der Nähe der Simon 'schen Wohnstätte ein Kapitalverbrechen statt. Ein Pole wurde auf offener Straße niedergestochen. Zehn Jahre nach dem Krieg brachen alte Ressentiments wieder auf. Der Verdacht fiel sofort auf die ansässigen Deutschen. Nicht nur, dass über Wochen hinweg immer wieder Verhöre stattfanden – nein, die Polizei wurde förmlich ständiger Gast im Wohnblock der Simons. Wiederholte Hausdurchsuchungen, immer wieder die gleichen Fragen und Verdächtigungen... Ablehnung, ja fast Hass schlug den Deutschen wieder entgegen.
Selbst der jungen Theresia wurde das Leben schwer gemacht. Als schließlich der Täter gefasst wurde – kein Deutscher übrigens, sondern ein Pole – stand für die Großeltern und für die beiden Schwojka-Kinder der Entschluss endgültig fest. Sie würden Schlesien verlassen – so schnell wie möglich!

Ein langwieriger, quälender Papierkrieg begann! Unendliche Berge von Formularen, Erklärungen, Rechtfertigungen...! Über Monate hinweg wurden unangemeldet fremde Menschen in die Wohnung der Simons geschickt. Bestandsaufnahme – Mietinteressenten – Überwachung der Vermögens- werte!!!

Endlich, im Juli 1955 lagen alle Papiere vor. Die Simons wurden aufgefordert, bis zum fünfzehnten August die Volksrepublik Polen zu verlassen. Von nun an waren sie keine Polen mehr, sondern unerwünschte Ausländer. Gemäß den schriftlichen Anordnungen durfte jedes Familienmitglied nur persönliche Gegenstände bis zu einem gewissen Gewicht ausführen. Es war nicht all zu viel! Die Ausfuhr polnischer Währung war grundsätzlich untersagt – nur ein gewisser Betrag als ,Reisegeld' wurde ihnen zugestanden.

Die Simons begannen zu verschenken was sie besaßen. Sie begannen auch, sich zu verabschieden: Von Freunden, Bekannten, von liebgewonnen Stätten, von guten und schlechten Erinnerungen... und vom Annaberg!
„Ach Kinder, ich hätte so gern noch einmal Maria Himmelfahrt auf dem Annaberg gefeiert, aber das geht ja nun nicht mehr. Lasst uns einfach das Hochfest vorverlegen – lasst uns noch einmal auf den Annaberg fahren und Abschied nehmen. Es wird wohl ein Abschied für immer!"

Am letzten Sonntag vor ihrer großen Reise brachen die Simons mit ihren Enkeln zum Annaberg auf. Wie auch bei den vielen Besuchen zuvor vermieden sie es peinlich, auch nur in die Nähe des Schwoijkaschen Hofes zu kommen. Ihr Ziel war ja auch ein anderes: Ihr Ziel war die Anna selbdritt...
„Heilige Mutter Anna – heilige Jungfrau Maria, helft uns auf unserem schweren Weg in eine neue Zukunft. Helft uns, wir haben Angst davor! Helft uns – wenigstens diesmal..."

Drei Tage später brachen die Simons alle Brücken hinter sich ab. Ein lieber Bekannter begleitete sie zum

Opoler Bahnhof, den Handwagen beladen mit dem Gepäck der Familie. Schwer bepackt bestiegen sie den Zug, der sie nach Breslau bringen sollte.

Auf dem Bahnsteig in Breslau vergossen die beiden Frauen viele Tränen. Schon jetzt machte sich das Heimweh breit – das Heimweh nach Oberschlesien! Der Zug den sie erwarteten würde sie nach Görlitz führen, zum Grenzübergang. Zur Grenze Polens mit der Deutschen Demokratischen Republik. Über die Lausitzer Neiße nach Deutschland!

Die Ausfahrt hatte begonnen. Die junge Theresia erlebte ihren sechzehnten Geburtstag auf dem Weg nach Westen...

Ein Familienschicksal, das die Welt nicht berührte. Eines von vielen Millionen!

Die UNO hat eine kurze statistische Zeile für die vielen Einzeldramen übrig:

,Weltweit wurden im 20. Jahrhundert ungefähr 50 Millionen Menschen aus ihrer Heimat vertrieben. Manche sogar mehrmals innerhalb einer Generation!'

„Schenen guten Tach! Willgommen in der DÄDÄER!"
Der Volkspolizist grüßte freundlich und ließ sich die
Papiere der Einreisenden zeigen. Er warf einen langen
Blick in das Abteil, das die Simons in Beschlag
genommen hatte. Stirnrunzelnd betrachtete er das
üppige Gepäck der Oberschlesier. Dann schmunzelte
er:
„Nuu ich globe, uff de Gebäckgontrolle verzichte mer
heut ma! Se sinn ja nur Dransitresende. Ich muss se
abber druff uffmergsam mache, dass se den Zuch hier
während der Durchrese net verlossen derfen. Nur uff
amdliche Ufforderung...."

Die Simons atmeten tief durch. Das also war der erste
Kontakt seit mehr als zehn Jahren mit einem deutschen
Beamten! War doch gar nicht so schlimm! Der junge
Bursche war freundlich und nachsichtig. Von Schikane
keine Spur!
„Schene Weiderfohrt un vehl Erfolsch in der Zugunft,"
verabschiedete sich der junge VOPO und verschwand.
Nach einiger Zeit ruckte der Zug an und die dampfende
und zischende Lokomotive schleppte die lange Schlange
der Waggons langsam und behäbig in die DDR hinein.

„Deutschland, da sind wir. Du hast uns endlich wieder!"
Johann grinste verlegen und starrte mit gläsernen Augen
aus dem Abteilfenster hinaus. Er tat als wäre ihm der
Kohlenstaub der Lokomotive ins Auge gedrungen.
Herbert war aufgestanden und trat zum Fenster. Die
Landschaft zog an ihm vorbei. Eine Landschaft, die sich
von Polen kaum unterschied. Selbst die Dörfer, die sie
passierten, sahen ähnlich aus.
,Warum nur diese blöden Grenzen', schoß es ihm durch
den Kopf. Fünfzig Jahre später würde diese Frage nicht
mehr notwendig sein!

149

Der erste längere Halt fand in Dresden statt. Die Simons öffneten das Fenster. Alle vier steckten sie ihre Köpfe hinaus um das rege Treiben auf dem Bahnhof zu beobachten. Zehn Jahre nach dem Krieg waren die schweren Wunden der Stadt überall noch zu sehen – und Uniformen, überall Uniformen. Mehr als ihnen in Polen begegnet waren....

Johann konnte sich einen bissigen Kommentar nicht verkneifen.

„Jetzt sieht man endlich, dass wir in Deutschland sind. Preußen lässt grüßen!"

Am späten Abend erreichten sie schließlich den Grenzübergang Wartha. Auch hier wieder Ausweiskontrollen und freundliche Worte. Wenig später änderten sich die Uniformen der Beamten, die nach den Ausweisen fragten.

„Ein herzliches Willkommen in der Bundesrepublik Deutschland. Ich hoffe, ihre Reise durch die Ostzone war nicht gar zu strapaziös. Ab hier dürfen sie sich frei bewegen und hingehen, wohin sie wollen. Der Zug fährt nun nach Bebra. Nachdem ihre Papiere geprüft sind, wenden sie sich dort am Bahnhof bitte direkt an das Deutsche Rote Kreuz. Da wird man sich um sie kümmern und alles weitere veranlassen. Ich wünsche ihnen eine gute Weiterfahrt. Alles Gute und eine glückliche Zukunft in ihrer neuen Heimat!"

Es war bereits tiefe Nacht als sie in Bebra den Zug verliessen. Nun waren sie da, im Land ihrer Sehnsüchte. Im Land der Freiheit – im Land der Deutschen!

Herstellung und Verlag:
Books on Demand GmbH, Norderstedt
ISBN: 9783837073553